시련이 가져다준 선물

생사의 경계에서 비로소 보이는 것들

박균영

Soljai 출판

프롤로그

1부 불행의 파도에 휩쓸리다

2부 정신을 잃고 쓰러져 허우적거리다

3부 생명 줄을 붙잡고 빠져나오다

에필로그

프롤로그

자다가 땀이 나는, 어쩌면 대수롭지 않은 일을 시작으로 불면증, 심장 발작, 우울증, 이명증에 이어 갑자기 정신을 잃고 쓰러져 팔이 부러지는 사고를 당했다. 원인을 알아보려 이런저런 검사 다 받아보았으나 별 소득이 없었다. 응급 처방에 의존하여 하루하루 버티다 보니 심신은 날로 쇠약해져 마침내 죽음을 준비하는 단계까지 이르렀다.

힘내라는 주변 사람들의 응원에도 불구하고 몸과 마음이 축 늘어져 도대체 힘을 낼 수 없었고, 그 응원 소리가 야속하게 들리기까지 하였다. 신경안정제의 도움 없이는 한숨도 잘 수 없는 날이 계속되던 어느 날, 조금 있다가 약을 먹겠다 하고 침대에 누웠는데 깜박 30분 동안 잠이 들었다. 약을 먹지 않고 자연적으로 잠이 들었다는 사실에 환희와 함께 행복감이 차올랐고 신경안정제 복용량을 줄여 봐야겠다는 욕망이 솟아났다.

온통 절망으로만 꽉 들어찬 줄 알았던 가슴 한구석에서 희망의 씨앗이 소리 없이 싹을 틔우고 있었나 보다. 수차례의 시행착오를 거치며 신경안정제 복용량을 점점 줄여나갔고 마침내 끊는 데 성공했다. 이런 과정에서 몸과 마음에 새 살이 돋아나는 징후들이 여기저기 꽃봉오리처럼 맺혔다. 특이하게도 마음에 돋아나는 새 살은 이전과는 결이 달랐다. 이성의 색깔이 옅어지고 감성의 색깔이 진해졌다. 더 부드럽고, 작은 일에도 감사하고 행복을 느끼는 호르몬이 늘어났다.

　인생 70년을 살면서 다사다난한 일들이 많았지만, 이번처럼 견디기 어려운 여러 가지 불행이 한꺼번에 덮친 적은 없었다. 나는 우리의 삶이 돛단배를 타고 죽음이라는 최종 목적지를 향해 항해하는 것과 같다는 생각을 해 오며 살아왔다. 간간이 마주했던 세찬 폭풍우도 견뎌냈고, 제법 큰 파도에도 넘어지지 않고 버텼는데, 목적지를 앞두고 평온한 항해를 꿈꾸던 찰나 집채만 한 파도에 휩쓸려 정신을 잃고 허우적거리다 구사일생으로 살아났다. 시간이 지나도 기억이 너무나 생생한, 생사의 경계에서 보고 느꼈던 이 이야기를 누군가에게 꼭 들려주고 싶었다.

　주변 사람들뿐만 아니라 모르는 사람들과도 나누고 싶었다. 출판사에 원고를 써서 보내 볼까 했으나 거절이 두려워 망설이고 있던 차, 누구나 다른 사람의 검열을 받지 않고도 책을 낼 수 있는 길이 있다는 것을 알게 되었다. 1인 출판사를 등록하고 직접 책 쓰기에 도전했고, 원고 작성부터 마지막 출간에 이르는 지난한 과정을 거쳐 마침내 세상의 빛을 보게 되었다. 아무쪼록 이 책이 고통 받고 있는 사람들에게 위로가 되고 어려움을 헤쳐 나가는 데 조금이나마 도움이 되길 바란다.

아산 북수마을에서

박균영

1부

자다가 땀이 나다

잠들고 3시간쯤 지나서 잠이 깼다. 목, 등 쪽에 땀이 흥건하다. 1월에 땀을 이렇게 많이 흘리다니. 화장실을 다녀와서 수건으로 땀을 대충 닦고 자리에 누웠다. 러닝셔츠에 밴 땀 때문인지 목, 어깨의 찬 기운이 좀처럼 가시질 않는다. 눈을 감고 잠을 청했으나 점점 정신이 맑아지고 아무리 기다려도 잠이 들 기미가 보이지 않는다. 얼마 전부터 자다가 깨면 땀이 좀 나기는 했으나 대수롭지 않게 여겼고 견딜 만했는데 오늘은 그 정도가 너무 심하다.

이리 뒤척이고, 저리 뒤척이길 수 없이 반복하다가 시계를 보니 새벽 2시가 되었다. 12시쯤 잠이 깼으니 2시간이 지났고 이후에도 뒤척이기는 계속되었고 영영 잠이 들지 않으면 어쩌나 하는 두려움이 밀려왔다. 그래도 눈을 감고 버텼는데 돌아가신 부모님을 만났다. 꿈이었다. 꿈을 꾸었으니 잠이 들었다는 것이 아니겠는가? 안도감에 몸이 한결 편안한 느낌을 받았다. 불을 켜고 자리에서 일어나 보니 베개와 어깨, 등이 닿았던 침대 시트가 축축하다. 머리가 띵하다.

다음날, 그다음 날도 나아질 기미가 보이지 않았다. 인터넷을 찾아보니, 수면 무호흡증, 낮에 받은 스트레스, 혈압, 당뇨, 정신과 약물 부작용, 심장 질환, 갑상선호르몬 과다, 독감 등 실로 다양한 원인에 의해 수면 중 땀이 난다고 한다.

잠자리에 들 시간이 가까워질 때면 또 잠을 설칠까 봐 불안하다. 불안감을 떨쳐야 한다는 생각이 불안감을 더 키우는 것 같다. 마음을 가라앉히는 데 좋다는 음악을 들어본다. 음악에서 흘러나오는 물소리, 바람 소리, 느리고 맑은 피아노 소리를 듣고 있노라니 마음이 차분해지고 심장 박동이 느려지는 느낌이 온다. 이 느낌이 사라지지 않도록 살금살금 침대로 가 살며시 눕고 눈을 감는다. 오늘 밤 무사하길 빌면서 천천히 숨을 들이마시고 내 쉰다. 그러나 여지없이 도중에 잠이 깼고 무의식적으로 목을 만져보는데 물기가 흥건하다. 베개도, 침대 시트도 젖어 있다. 실망이 크다. 잠이 일단 들었다는 것만도 감사해야 함은 2달이 지나서야 알게 되었다.

땀 나는 것에 집중하다 보니 그동안 잘 몰랐는데 잠에서 깬 후 심장 박동이 좀 빨라진 것 같다. 땀을 수건으로 닦아 냈지만 땀이 증발하면서 목, 어깨가 시리다. 오늘 밤도 쉽지 않겠구나. 그래도 눈을 감고 의식적으로 팔다리에서 힘을 빼고 호흡을 가다듬으며 잠을 청한다. 몸에서 힘이 빠지면서 머릿속도 진정되어 수면 상태로 들어가는 듯하더니 점점 의식이 또렷해지며 이런저런 생각들이 밀려들어 온다.

고등학교 시절 가정교사로 기거했던 집의 안주인 생각이 떠올랐다. 50년도 지난 기억이 어디에서 숨어 있다가 기어 나왔는지 모르겠다. 대전에서 중학교를 마치고 고등학교는 서울로 유학을 갔다. 아버지는 철도 공무원이고 자식들은 아홉, 나는 그중에 다섯째이다. 대전사범학교를 졸업하고 서울 홍파초등학교에 발령을 받은 신출내기 선생님인 형에게 빌어 붙어 유학 생활의 첫 1년은 그런대로 잘 넘어갔는데, 형이 군에 입대하게 되면서 난처한 처지에 빠졌다. 아버지는 옛 직장 상사의 집에 찾아가 초등학교 교사로 일하는 따님께 가정교사 자리를 알아봐 달라고 했고, 그 선생님은 현재 중학교 2학년인 옛 제자를 연결해 주었다. 이렇게 종로에서 잘 나가는 안과 의사 집의 가정교사로 들어가게 되었다. 중년의 안주인은 통통한 편이고 화려한 옷을 잘 입고 쾌활한 성격의 소유자였다. 어느 날 외출 준비를 하면서 단둘이 있는 방에서 원피스 뒤 지퍼를 올려 달라는 부탁을 받았다. 지퍼가 올라가면서 훤히 드러나 보였던 하얀 속살이 점점 사라져 갔다. 고등학교 2학년생에게는 야릇한 성적 흥분을 일으키는 사건이었다.

생각에 생각이 꼬리를 물고 일어난다. 생각을 지우려고 하니 일시적으로 지워지긴 하는데 자율신경계가 긴장하는지 정신이 더 또렷해진다. 잠들기는 글렀다는 생각이 들었다. 자세를 바꾸어 옆으로 누워 본다. 생각을 지우는 것을 포기하자 갑자기 안나푸르나의 웅장한 모습이 나타났다. 4년 전 네팔 포카라에서 푼힐을 거쳐 10박 11일 일정의 안나푸르나 베이스캠프 트레킹을 했다. 7일 차 점심때쯤 안나푸르나 베이스캠프(해발고도 4130m)에 도착하였으나, 구름 때문에 정상을 보지 못하고 400m 아래에 있는 마차푸추레 베이스캠프로 철수하여 1박 하였다. 다음 날 새벽, 밖에 나가 무심코 고개를 오른쪽으로 드는 순간 거대한 안나푸르나 전체가 나를 향해 달려들 듯 우뚝 서 있었다. 아! 못 보고 하산하는 줄 알았는데.

하산 길 휴게소에서 만났던 젊은 스님 생각이 난다. 그는 2명의 여자 보살과 산을 오르는 중이었는데, 고산병으로 머리가 깨질 듯이 아프다고 하였다. 마침 챙겨 갔던 비아그라를 주었다. 그 약은 발기부전 치료제인데 고산병약으로 효과가 좋다고 알려져 있다. 그 약을 스님이 드시고 발기가 가라앉지 않아 보살들 앞에서 고생깨나 하셨을 수도 있겠다. 한번 만나서 물어보고 싶다.

　이후에도 한참이나 뒤척이다가 잠깐 잠이 들었나 보다. 꿈꾼 내용이 어렴풋이 생각나는 것으로 보아 잠이 들었던 게 맞다. 시계를 보니 아침 6시가 지났다. 조각난 잠을 더해 보니 서너 시간쯤 되었다. 아직 머리는 띵하고 몸은 무거운데 그래도 날이 밝았다는 게 그렇게 반가울 수가 없다.

　앞서 인터넷에서 찾아보았던 수면 중 발한 원인 중에서 수면 무호흡증, 스트레스, 심장 질환이 나와 관련되어 있을 가능성이 커 보였다. 좀 더 알아보고 필요할 경우 검사를 받아보아야겠다.

응급실에 가다

　수면 장애는 시간이 지남에 따라 점점 그 질이 나빠지고 있다. 이전에는 잠든 지 2~3시간 후에 깨서 그 이후 못 자다가 새벽녘에 잠깐 잠들곤 했는데, 2개월이 지난 지금에는 아예 처음부터 잠들기가 어려운 지경에 이르렀다. 그러다 보니, 거의 뜬눈으로 밤을 새우는 날을 맞이하게 되었다.

　내일은 산에 가기로 되어 있는 날이다. 지난 10여 년 동안 나를 포함하여 4명의 또래가 월 1회 '우정산악회'라는 이름의 등산모임을 가져오고 있다. 지난달 산행 때에도 수면 부족으로 힘들었는데, 그동안 몸은 더 쇠약해졌다. 오늘 밤 잠을 잘 자야 할 텐데. 이어폰에서 흘러나오는 수면유도 음악 소리에 귀 기울이며 팔다리의 긴장을 풀어 본다. 맥박, 호흡이 느려지고 의식이 흐려지는 게 곧 잠으로 빠져들 것 같다.

그러나 잠으로 넘어가는 언저리를 맴돌 뿐 좀처럼 잠으로 넘어가질 않는다. 갑자기 이어폰이 거추장스러워져 잡아 뽑고, 자세를 고쳐 누웠다. 억지로 자려고 하면 할수록 잠은 도망간다는 얘기가 생각나서 눈을 떴다. 자든지 말든지 마음대로 하라고. 오늘 못 자면 내일 자겠지 애써 태연한척 해보았다. 한숨도 못 잤는지, 아니면 조금 잤는지 분간이 안 되는 몽롱한 상태로 새벽을 맞았는데, 왼쪽 뒷머리가 땅기는 느낌을 받으며 자리에서 일어났다.

오전 10시에 천안박물관 주차장에서 만나기로 되어 있는데 아무래도 오늘 산에 가는 것은 무리라는 생각이 들었다. 아침 먹고 못가겠다고 전화를 해야겠다. 밥을 먹고 나니 몸을 피곤하게 만들어야 잠이 오지 않을까? 생각이 바뀌었다. 등산 장비를 챙기고 나니 오늘 산행은 역시 무리라는 생각으로 뒤집혔다. 이후에도 생각이 여러 번 왔다 갔다 했다. 결정 장애에 빠진 것을 자조하는 순간 전화벨 소리가 울렸고, 오늘 산행하는 곳이 우리 집을 거쳐 가는 곳이니 나를 태우러 오겠단다. "네, 알겠습니다." 이 한마디로 일단락되었다.

산행하다 힘들면 먼저 하산하겠다는 양해를 구하고 일행의 마지막에 서서 산을 오르기 시작했다. 계단을 지나 가파른 경사 길을 오르며 평소보다 숨이 많이 찼지만, 적어도 첫 번째 휴식 때까지는 버티고 싶었다. 이들과 산행할 때마다 봉지 커피 타 주는 일을 해 오고 있다. 뜨거운 물, 봉지 커피, 종이컵을 들고 와 커피 한 잔 서비스해 주는데, 언제나 미안할 정도로 고마워하고, 커피 맛이 최고라고 추켜세워 주곤 했다. 돌아가더라도 커피 봉사만은 마치고 가야겠다고 이를 악물었다.

커피도 한잔하고 쉬다 보니 끝까지 갈 수 있겠다는 생각이 들었다. 능선 길을 오르락내리락하기를 몇 차례, 2시간 만에 호서대학교 뒤 태화산 정상에 올랐다. 힘든 것도 사라졌고, 혈색 좋다는 뜻밖의 얘기도 들었고, 별 탈 없이 하산, 늦은 점심을 먹고, 차 한잔하면서 다음 달 일정을 정하고 집에 돌아와 샤워하고 소파에 누우니, 몸이 밑으로 쑥 가라앉는 듯한 느낌이 들면서 눈이 저절로 감긴다. 그러나 잠은 영 들지 않는다.

여느 때처럼 잠자리에 들었는데 몸이 천근만근이다. 심장이 엄청난 힘으로 수축하는 바람에 잠이 깼다. 머리, 얼굴에서조차 땀이 흐르며 꼭 죽을 것만 같았다. 한 번도 경험하지 못한 일이다. 극도의 공포감이 밀려왔고, 무조건 반사적으로 젖 먹던 힘을 다해 아내를 깨웠다. 응급실 좀 데려가 달라고 했다. 아직 잠에서 덜 깬 아내는 아닌 밤중에 홍두깨라는 표정을 짓더니 이내 눈을 동그랗게 뜨고 어디가 아프냐, 여기저기 살펴보고 만져보았다.

119를 부르면 곤히 잠들어 있는 이웃들에게 피해를 줄 것 같아 카카오 택시를 부르기로 의견 일치를 보았다. 의식이 있었고 혼자 몸을 일으키고 움직일 수 있었으니 가능한 일이었다. 택시는 집에서 수 킬로미터 떨어져 있는 S 대학병원으로 거침없이 내달린다. 가는 도중 심장이 한결 부드러워지며 공포감이 사라져 그냥 돌아갈까 생각하는 데 벌써 응급실 앞에 도착했다.

전자게시판 같은 곳에 이름과 주민등록번호를 입력하는 것으로 응급실 입원 절차가 시작되었다. 다음, 당직 의사인 듯 보이는 사람이 어디가 아파서 왔냐고 물어보고 나를 이리저리 살펴보더니 컴퓨터에 무엇인가를 입력하고 앞 건물로 들어가라고 한다. 아내가 현관 접수처에서 간단한 수속절차를 마무리하고 응급실 안으로 들어가니 이미 연락이 되었는지 간호사가 침대로 안내하여 누우라고 했다. 잠시 후 전공의처럼 보이는 의사가 와서 어떻게 왔는지 물어본다. 이어서 혈압검사, 심전도 검사 하고, 손가락 한끝에 집게 같은 것을 끼우고, 혈액을 채취하고, 주삿바늘을 꼽고 수액 병을 연결하더니 커튼을 쳐 주고 나간다. 이러한 절차는 일사천리로 진행되었고, 이 과정에서 나는 눈을 감은 채로 질문에 답하며 착한 어린이처럼 하라는 대로 고분고분 잘 따라 했다.

황급히 구급대원들이 이동 침대를 밀고 들어오는 소리, 극심한 어지러움을 호소하는 아낙의 신음 소리, 간헐적으로 질러 대는 외마디 소리, 다투는 소리 등 커튼 밖에서 벌어지는 응급 상황들이 공기의 진동을 타고 실시간으로 전달되었다.

환자로 응급실에 오기는 난생처음이다. 침대에 누워 눈을 감고 있는 내가 낯설고 불쌍해 보였다. 보이지는 않지만, 침대 난간 어디엔가 기대어 눈을 붙이고 앉아 있을 아내에게 미안했다. 두 시간쯤 지나 드디어 의사가 왔다. 혈액 검사, 심전도 검사 등에서는 별다른 이상 소견이 보이지 않는다고 했다. 심장 내과 외래 진료를 보는 게 좋겠다고 하면서 응급 상황이 발생하면 곧바로 다시 오라고 한다. 의사의 눈을 처음으로 쳐다보면서 아까 손가락 끝에 끼운 게 뭐냐고 물어보니 혈액 중 산소 포화도를 측정하는 기계라고 하였다.

간호사가 와서 수액이 남았으니 더 누워있다 가라고 하는데 그만 가겠다고 하니 주삿바늘을 뽑아 주었다. 집에 가게 되어 좋기는 하나 원인이 밝혀진 게 없으니 찜찜하고, 오늘 밤에는 괜찮을까 벌써부터 걱정이다. 응급실 문을 나서니 날이 밝아오고 있었다. 돌아오는 택시 뒷자리에 기대어 눈을 감으니 지난 몇 시간의 일들이 파노

라마처럼 지나간다. 괜히 꾀병을 부리고 소란을 피운 것 같아서 아내에게 미안했다. 계속되는 불면증에 심장 발작까지, 예사롭지 않은 불행한 사건이 어떤 모습으로 결말을 보여줄지 한 치 앞이 안 보인다. 어느 책에서 보았는데, 불행이 닥쳤을 때는 이 세상 어딘 가에는 나보다 더 불행한 사람이 있고, 이 불행이 영원히 지속되는 게 아니라는 것을 기억하라고 했다. 고개를 들고 두 손 모은 채 눈을 감았다.

아무래도 심장에 대한 종합 진단이 필요하다는 결론에 도달했고, 서울에 있는 B 대학병원에 외래 진료 예약을 했다.

우린 잘못 만났다

　4월 초, 아내와 함께 인근의 아산 신정호수에 산책하러 나갔다. 호수를 한 바퀴 도는 데 1시간쯤 걸린다. 노란 개나리, 분홍 진달래, 하얀 벚꽃에 더해 연녹색 나뭇잎, 파란 호수, 물살을 가르며 한가로이 노니는 청둥오리 등 봄의 전령사들이 모두 모여 겨울을 이겨낸 기쁨의 노래를 함께 부르고 있다. 그러나 내 마음은 아직도 추운 겨울이다.

　응급실에 갔다 온 지 며칠 지나지 않아서 그런지 걷는 중에도 불현듯 심장 발작에 의한 돌연사, 죽지는 않더라도 식물인간처럼 되어 가족에게 짐이 되는 불행이 닥치면 어쩌나 하는 두려움이 엄습한다. 요즈음 부정적 생각이 부쩍 늘었고, 지난날을 되돌아보는 일이 잦아졌다.

같이 걸어가면서도 서로 말이 없다. 아내도 무언가 골똘히 생각하고 있나 보다. 중간 지점에 도달해서 조금 쉬어 가자고 했다. 피곤해서라기보다 무언가 말이 좀 하고 싶어서였다. 억새 풀 사이에 호젓하게 드러난 벤치에 자리를 잡았다. 주위를 둘러보니 아무도 없다. 호수 건너편 경치가 기가 막히다, 정말 이제 봄이 왔나 보다, 헤엄치는 오리가 서로 무어라 얘기하는 것 같다는 등의 일상적 이야기 밑바닥에서 지난날 아내에게 상처를 주었던 나의 잘못에 대해 용서를 구해야겠다는 생각이 꿈틀거렸다. 마지막 날이 갑자기 찾아올 수 있겠다는 생각이 잦아진 요즈음 그래야 내 맘이 편하겠다는 이기심인지도 모르겠다.

아내는 결혼 초부터 시어머니와의 갈등으로 힘들어했다. 독실한 기독교 신자인 아내가 불교로 개종하길 바라는 시어머니와 줄다리기하는 동안에 직장 일 때문에 바쁘다는 핑계로 아내의 아픔을 제대로 헤아리지 못했다. 결혼 전, 종교가 다르다는 것을 걱정하는 처부모님들의 우려가 현실화되었다. 이 문제는 최악을 피해 일단 수면 아래로 가라앉았고 이후 아내의 종교 활동은 크게 위축되었다.

아내는 4명의 며느리 중 둘째이다. 시댁에 가까이 살다 보니 다른 동서들에 비해 자주 불려갔다. 육체적으로 힘든 것보다 시어머니와의 관계에서 오는 심리적 고통이 더 참기 어려웠다는 것을 한동안 눈치채지 못했다. 특별한 일이 없는 한 거의 매 주말 시댁에 반찬을 해서 가고, 가서는 부엌일, 청소 등 꾀부릴 줄 모르고 해 대는 동안에 그녀의 가슴 속에는 남편에 대한 원망이 독버섯처럼 자라나고 있었으리라.

아버지와 어머니의 관계는 원만하지 못했다. 자식은 아홉 명이나 되는데 아버지의 월급은 빠듯해 살림은 늘 쪼들렸다. 아버지가 술에 취해 들어와, 했던 얘기를 하고 또 한다고 듣기 싫어 죽겠다는 어머니, 어머니가 고분고분하지 않고 말대꾸한다고 윽박지르는 아버지, 그 사이에서 자식들은 겉으로 중립을 지켰다.

나는 속으로 어머니 편을 들었다. 부부 싸움이 어머니의 울음으로 끝맺었고, 아버지는 건강한데 어머니는 여기저기 아픈 데가 많았다. 술 드신 아버지의 흐트러진 모습도 싫었다. 또 한가지, 어머니 편을 든 이유는 중학교 때의 추억이 한몫했다. 2학년 때 어느 날 찬장 옆에 놓아둔 어머니 돈 중에서 몇 장을 슬쩍했다. 밖에서 돌아오신 어머니가 여기 돈이 조금 없어졌다 하면서 내 눈을 빤히 들여다보신다. 네가 범인이지 하는 눈초리를 외면하며 전혀 모르는 일이라고 잡아뗐다. 어머니는 "모른다는 말이지, 참 이상하다." 하시면서 그냥 부엌으로 들어가셨다. 그 돈으로 다음 날 학교 구내매점에서 단팥빵을 사 먹었다. 그 사건 이후 나는 어머니가 나를 많이 사랑하고 있다는 믿음을 갖게 되었다.

아내가 시댁에 가는 걸 힘들어할 때 아내 편을 들지 못했던 것도 어머니가 불쌍하다는 마음이 앞섰기 때문이었다. 어머니와 함께할 날이 아내와 함께할 날보다 짧으니 먼저 어머니를 배려하고, 그 이후에는 아내에게 잘하면 되겠다는 순진한 생각을 하고 있었다. 어느 날 시댁을 다녀온 날 밤에 어머니로부터 아내에게 전화가 걸려왔다. 네가 한 행동 때문에 내가 잠이 안 오니 잘못했다고 빌라는 내용이었다. 이러한 일들이 자주 생기다 보니 영문도 모르고 당하는 아내의 시름이 깊어만 갔다. 이를 바라보는 무능한 남편의 고민도 커지고, 술에 의존하는 날이 많아졌다. 이런 나와 아내를 두 아들은 어떻게 바라보고 있었을지, 그때는 생각조차 못 해보았다. 아버지도 외롭고 아팠는데 처자식에 터놓지 못하고 술로 달랬다는 이야기를 돌아가시기 몇 년 전에 듣고 나서야 아버지를 이해하게 되었고, 그동안 잘못해드린 점을 깊이 뉘우쳤으나 지나간 일을 어찌 되돌리겠는가.

어머니는 당신 때문에 며느리가 힘들어하는 걸 모르는지, 아니면 모른 체했는지, 문제의 해결점을 찾지 못한 채 어느덧 결혼 28년 차를 맞이하였다. 3년 전 아버지가 86세를 일기로 돌아가신 후 어머니는 한동안 혼자 지내셨으나, 치매 증상이 심해져 4형제가 돌아가면서 모시기로 하였다. 형님 뒤를 이어 우리 집에 1년 살기로 오셨다.

장성한 두 아들은 집을 떠났고, 어머니, 아내, 그리고 나, 이렇게 세 식구 살기가 시작되었다. 잘될까 걱정을 했는데 일단 출발은 괜찮아 보였다. 어머니는 협심증으로 가끔 혀 밑에 니트로글리세린 알약을 넣어야 했다. 협심증에 안 좋을 것 같은데 한우 무릎뼈를 우려 만든 사골곰탕을 무척이나 좋아하셔서, 여름에도 가스 불로 사골곰탕 끓이느라 아내가 땀깨나 흘렸다. 치매 증상의 하나인 의심증 때문에 에피소드가 많았고, 급기야는 세 사람이 모두 정신과 의사의 상담을 받기도 하였다. 하루는, 아내의 숨통을 틔워 주기 위해 주간보호센터에 모시고 간 적이 있는데, 몇 시간도 지나지 않아 안 되겠다고 데려가라는 통보를 받았다. 어머니는 빈혈로 몇 차례 쓰러질 뻔했는데, 그 원인이 심장병약의 하나로 복용 중인 아스피린 때문이라는 사실을 찾아내 조치함으로써 상태가 많이 호전되었다. 어머니는 이후 나머지 두 아들 집에서 1년씩 지내고 나서, 며칠 동안 병원에 입원해 있다가 90세로 생을 마감했다. 네 아들에게 골고루 사랑을 나눠 주고 떠나셨다.

어머니가 돌아가신 후 아내가 많이 편해졌겠지 했는데 그게 아니었다. 시댁 문제로 힘들어할 때 자신을 제대로 보호해 주지 않은 남편에 대해 쌓였던 미움이 간헐적으로 화산처럼 솟구쳤다. 난감하였다. 나도 중간에서 나름 잘해보려고 애를 썼는데, 몰아붙이기만 하니 억울했다. 내 능력이 그것 밖에 안 되었으니 어쩌겠는가, 이해해 달라고 했으나 그다지 효과가 없었다.

잘못 했다고 용서를 빌라는 언질을 가끔 받아왔으나 외면해 왔다. 이제 죽음을 생각하는 시점에 도달하고 보니, 매듭을 풀어야겠다는 결심을 했다. 한가로이 노닐던 오리 떼들이 갑자기 하늘로 날아오르는 찰나,

"그동안 어머니 문제로 힘들게 해서 미안하고 다시 태어나면 당신 편을 들어줄게."

아내는 잠시 생각하더니,

"우린 잘못 만났다."

갑자기 뒤통수를 망치로 한 대 맞은 느낌이 들었다. 아내는 잘못 만난 근거를 조목조목 들이댔던 것 같은데 망치의 충격에 파묻혀 제대로 들리지 않았다. 돌아오는 차 속에서 아내가 말을 붙이려 했는데 나는 한마디도 대꾸하지 않았다. 잠자리에 들 때까지도 섭섭함이 가시지 않았다.

그다음 날, 집 근처 배방산에 올랐다. 밤새 거의 잠을 못 잤기 때문에 집에서 쉬는 것이 옳았을지 모른다. 그날 밤 자다가 심장이 짓눌리는 느낌에 잠을 깼으나, 지난번 응급실에 다녀온 학습효과가 있어서 아내를 깨우지 않고 끙끙거리며 참았더니 증세가 호전되었다. 아침 식사 후 아내는 미장원에 갔다. 그런데 다시 가슴이 답답해지고 무언가 큰일이 일어날 것 같은 공포심이 밀려왔다. 미장원에서 나오는 아내를 붙잡아 다시 응급실로 향했고, 이후 과정은 지난번과 판박이였다. 돌아오는 길에 아내는 내가 꾀병 부리는 사람으로 낙인이 찍혔으니 앞으론 응급실에서 받아 주지 않을 거라고 했다.

수면다원검사를 받다

낮에 활동을 늘리면 피곤해서 잠을 잘 자겠지 하고 산에도 매일 갔다 오고 했는데 별 효과가 없다. 두 달 동안이나 수면 장애에 시달리다 보니 심신이 많이 약해졌다. 몇 년 전 코골이 때문에 병원에서 수면다원검사를 받았는데 코골이가 좀 심하다는 진단을 받았다. 그러나 잠 동무가 크게 개의치 않아서 별 치료 없이 지냈는데, 코골이가 수면 무호흡과 관련이 있다는 것을 알게 되었다.

동네 이비인후과에 가니 의사 선생님이 수면다원검사를 통해 수면 무호흡이 있는지 알아보자고 하면서 검사하기 전에 복용하라고 수면제를 처방해 주었다. 검사가 수면 상태에서 이루어지는데, 잠을 잘못 잔다고 하니 수면제를 처방해 준 것 같았다. 수면다원검사 당일 밤 9시에 병원에 도착하여 비용 지급 등 간단한 절차를 거친 후 독방으로 안내되었다. 수면제를 가져오기는 했으나 먹지는 않았다. 지금까지 수면제를 먹어 본 적이 없어 수면제 복용에 대한 막연한 두려움이 있는 데다 수면 무호흡증이 있는 사람은 수면제를 복용하면 무호흡이 있어도 잠에서 깨기가 어려워 산소 부족으로 사망할 위험도 있다는 얘기를 어디서 들었기 때문이다.

검사기사의 안내에 따라 침대에 누우니 가슴과 머리에 주렁주렁 여러 개의 센서를 부착하였다. 가슴에 부착하는 것은 이전에 받아 본 심전도 검사에서와 같아 보였고, 머리에는 머리털에 액상의 접착제를 군데군데 바르고 그곳에 여러 개의 센서를 부착하였다. 센서의 줄들이 이리저리 늘어져 있다. 자다가 화장실에 갈 일 있으면 줄들을 꼬이지 않게 잘 잡고 다녀오라고 하면서 기사는 불을 꺼주고 밖으로 나갔다.

눈을 감았다. 이제 잠이 와야 할 텐데. 옆방에 어떤 사람이 검사받으러 들어오는 소리가 들린다. 가만히 눈을 감고 있으니 도로를 질주하는 차 소리도 만만치 않다. 예전에 이 병원에 왔을 때는 낮이라 잘 몰랐는데, 오늘은 밤이라서 차 소리가 더 크게 들리나 보다. 수면제를 먹을 걸 그랬나 하는 생각이 들었으나 버텨 보기로 했다. 잠으로 빠져드는 기분이 들더니 갑자기 옆방에서 코 고는 소리가 들리는 바람에 잠이 홀딱 달아나 버렸다. 한참을 삐대다가 잠이 들었나 보다. 축축한 느낌이 들어 목을 만져보니 땀이 만져진다. 얼마 잔 것 같지도 않은데 이렇게 많은 땀을 흘리다니 무슨 조화인지 모르겠다. 방 밖에서 왔다 갔다 하는 검사기사의 발자국 소리가 들린다. 아마도 밤새 자지 않고 센서를 통해 전달되는 신호들을 관찰하고 다니나 보다.

요의가 느껴졌다. 몸을 일으키고 주렁주렁 매달린 줄들을 가지런하게 해서 손에 잡고 머리에 붙은 센서들이 혹시나 떨어질까 조심조심 화장실로 향했다. 일을 마치고 제자리로 들어와 누웠다. 한밤중인 것 같은데 아직도 도로를 질주하는 차량이 제법 많다. 눈을 감고 잠을 청해 보지만 교감신경의 흥분 상태가 좀처럼 가라앉을 기미를 보이지 않는다. 수면제를 먹어볼까 하는 생각이 들다 가도 수면제 때문에 무호흡 증세에 무뎌져 깨어나지 못하고 죽지 않을까 하는 공포감이 들었다. 몇 시인지 모르겠는데 눈을 떴다. 검사기사가 방으로 들어오더니 "잠을 잘 못 주무시네요." 하면서 그만하자고 한다. 옆에서 보지 않더라도 줄을 타고 전달되는 신호를 보면 자고 있는지 아닌지 다 아는가 보다. 잘못되어서 검사를 다시 해야 하는 것은 아닌지 궁금하기는 했지만 물어보기가 두려웠다. 센서 등 부착물을 제거하니 시원하고 한 가지 숙제를 끝낸 것 같아 몸은 무거워도 마음은 가벼워져 병원 문을 나섰다. 아직 동이 트기 전이다. 새벽 공기를 가르며 뻥 뚫린 도로를 거침없이 내달렸다. 삶이 이렇게 좀 쉽게 흘러갈 수 있으면 얼마나 좋을까.

일주일 후, 검사결과를 보러 갔다. 담당 의사가 결과지를 훑어보더니 "수면 무호흡증이 좀 있네요" 하면서 양압기 치료를 받는 게 좋겠으니 간호사와 일정을 협의해보라고 한다. 수면 중 무호흡과 저호흡의 합이 시간 당 25회라며 이것은 수면 무호흡증 3단계 중 중간 단계에 해당하고 양압기 치료 시 건강보험 혜택을 받을 수 있다고 했다. 이것 때문에 자다가 땀이 나느냐고 물어보았으나 시원한 답변은 듣지 못했고, 기다리는 환자가 많아서 자의 반 타의 반 진료실을 나왔다.

담당 검사자 말이 양압기를 집에서 사용하기 전에 하룻밤 병원에서 자면서 나에게 맞는 공기압 조절을 해야 하니 날짜를 잡자고 한다. 집에 가서 생각해 보고 연락을 주겠다고 했다.

집에 와서 인터넷을 뒤져보니 수면 무호흡증, 양압기 사용에 대한 정보가 철철 넘친다. 수면 무호흡이란 10초 이상 숨을 쉬지 않은 것이고, 저호흡이란 기도가 좁아져 호흡량이 줄어드는 것이라고 나와 있다. 이러한 수면 중 호흡 장애는 혈액 내 산소 포화도를 낮추어 수면 중 사망에 이를 수도 있다고 하니 수면 중 땀나는 것과는 차원이 다른 걱정거리가 또 하나 생겼다. 병원에 전화를 걸어 예약 날짜를 받았다.

하룻밤 병원에서 잘 준비를 하여 밤 9시쯤 병원에 도착하니 지난번 수면다원검사를 했던 기사가 아니고 새로운 사람이 맞아 주었다. 양압기를 대여, 판매하는 회사에서 파견된 직원 같아 보였다. 검사 전에 비용을 먼저 결제해야 하는데, 그 전에 양압기 사용에 대해서 좀 설명을 해 달라고 했다.

양압기는 수면 중 공기를 강제로 기도로 공급하는 마스크 형태로서 잠을 자는 내내 착용하고 있어야 하며 사전 테스트를 통해 개인에 맞는 공기압을 찾아내야 하고, 몇 개월 동안의 적응 기간이 필요하며, 경우에 따라서는 적응을 하지 못하고 포기하는 일도 발생한다는 말을 덧붙였다. 양압기를 사용하면 쉽게 문제가 해결될 줄 알았는데, 실패할 수도 있다니 마음이 심란해져 좀 머뭇거렸더니 오늘 받지 않아도 되니 잘 생각해 보란다. 이렇게 양심적인 사람이 있나? 그물에 걸린 물고기를 놓아주겠다니.

조금 더 생각해 보고 다음에 오겠다는 말을 남기고 병원 문을 나섰다. 돌아오는 내내 그 사람의 선한 눈빛이 어른거린다. 수면 무호흡증과 땀과의 관련성에 대해서 의사의 명확한 대답을 못들은 데다가 양압기의 실패 가능성마저 알게 되었고, 게다가 지금처럼 코로나가 심각한 때에 이비인후과 병원에서 또 하룻밤을 보내는 게 위험할 수 있다는 부정적 생각까지 더해져 양압기 착용을 뒤로 미루기로 하였다.

정신건강의원에 가다

　지속되는 불면증 때문에 점점 가라앉던 심신이 두 차례의 응급실 행을 거치면서 자력으로는 도저히 헤어나올 수 없는 나락으로 떨어진 듯 느껴졌다. 수면제라도 먹고 우선 잠을 자야겠다는 생각이 들던 차, 서울에 사는 아들로부터 정신건강의학과 진료를 받아보는 게 어떻겠냐는 전화를 받았다. 아들은 내 문제를 단순한 수면 장애가 아니고 정신과적 장애, 그중에서도 공황장애와 관련이 있는 것으로 보는 것 같았다.

　지난번 수면다원검사 시 검사 효율성을 위해 의사가 수면제를 처방해 주었으나 먹지 않고 버렸으니 내 몸은 아직 수면제 청정 지역이고, 더군다나 정신과 약물은 몸 근처에 얼씬한 적도 없었다. 수면제 처방을 위해서는 내과에 가면 되는 데 정신건강의학과를 가 보라니 은근히 겁이 났다. 자다가 땀이 나는 원인으로 스트레스일 가능성이 있다는 인터넷 자료를 본 적이 있던 터라 전문가의 상담을 받아 볼 요량으로 집 근처 정신건강의원을 물색하여 두 군데를 찾아냈다. 한 군데는 접근성이 좋긴 하나 의사 1명이 내과, 신경과, 정신건강의학과 진료를 함께 보는 곳이고, 다른 한 군데는 정신건강의학과 진료만 보는 것으로 나와 있어 후자를 선택했다.

조심스럽게 엘리베이터를 타고 4층에서 내리니 눈앞에 바로 병원 문이 나타났고, 문을 열고 안으로 들어서니 한 무리의 마스크를 쓴 사람들이 앉아 있었다. 뒤통수에 쏟아지는 그들의 시선을 의식하며 접수대에 앉아 있는 간호사에게 조심스럽게 다가가 초진 진료를 신청했다.

"잠깐 앉아서 기다려주세요."

방문 전 전화로 문의했을 때와 마찬가지로 그녀의 목소리는 부드럽고 따뜻했다. 주위 사람들을 둘러보니 성별, 연령층이 다양하였고, 선입견 때문인지 모르겠으나 분위기가 좀 음산했다.

책상을 사이에 두고 의사와 마주 앉았다.

"어떻게 오셨나요?"

"자다가 땀이 나서 깨고, 깨면 잠들기 힘들고, 요즈음에는 처음에 잠들기조차 쉽지 않아요."

"언제부터 그런가요?"

"올 1월부터 그랬으니 4개월째입니다."

덧붙여 심장 이상으로 2번이나 응급실에 갔다 왔다고 하니 의사가 짐짓 놀라며 차트에다 그 내용을 적으면서 한참을 생각하더니 2주 일분 약을 처방해 주겠다고 했다. 알프람정 0.25 밀리그램 1정, 명세핀정 3밀리그램 1정으로 취침 전에 복용하라고 했다. 처방전을 가지고 약국에 가서 약을 사는 것으로 알고 있었는데 간호사가 약을 직접 주었다. 아마 정신과 약물이라 그런 가 보다.

집에 오자마자 알프람정, 명세핀정이 무엇인지 검색했다. 알프람정은 항불안제로서 자율신경장애, 공황장애에 처방되는 약이며, 불면증의 원인이 불안이나 과도한 긴장이라면 수면제로도 처방이 된다고 나와 있다. 명세핀정은 항우울제의 일종으로 중추신경에 영향을 주어 수면을 유도하는 약으로써 불면증의 단기 치료에 사용되는 약이라고 적혀 있다. 잠자리에 들기 30분 전 처방된 약을 먹었다. 여전히 중간에 깼고 목, 등에는 땀이 흥건하다. 약을 먹지 않았을 때에 비해 잠이 쉽게 들었고, 도중에 잠이 깬 후에도 별 어려움 없이 다시 잠이 들었다. 그러나 아침에 잠을 깼을 때 입안이 건조했고 머리가 멍한 느낌을 받았다. 주간에 특히 아침 식사 후 앉아 있으면 시간이 빨리 지나갔다. 10분 정도 지난 것 같은데 시계를 보니 30분이 지났다. 그렇다고 졸았던 건 아니고, 신경이 좀 무뎌져 시간 감각이 살짝 손상된 듯싶다.

어느덧 2주가 지나 약이 떨어져 병원에 다시 갔다.

"좀 어땠어요?"

"네, 좋아졌어요."

그래도 약을 끊으면 잠이 안 올까 두렵다고 했더니, 2주일 치를 더 처방해 주겠다고 하며 약에 내성이 있어서 장기 복용은 안 된다고 했다. 어, 2주일 금방 갈 텐데. 그다음에는 어떻게 하지?

자다가 땀이 나는 원인에 대해 알고 싶은데 의사는 그것에 대해서는 한 마디가 없다. 잠을 못 자는 이유는 건너뛰고 약물로 잠을 강제적으로 재우는 방법에만 몰두하는 게 아닌가 하는 의구심이 들었다. 약에 내성이 있다고 하니 점점 용량이 늘어나 약물 중독에 이르러 정신 병동에 갇히는 신세가 되지는 않을까 하는 생각까지 들었다. 쓸데없는 망상이겠지 하면서도. 다른 의사의 의견도 들어보는 게 좋을 것 같아서 심장 검사를 예약한 서울 B 대학병원 정신건강의학과에 가 보겠다고 하니 기꺼이 소견서를 써 주었다.

대학병원에 가니 진료를 보기 전에 설문지를 작성하라고 했다. 설문지의 내용을 살펴보니, 지난 1주일 동안 우울했다, 울고 싶었다, 잠을 잘못 잤다, 죽고 싶은 생각이 들었다, 내가 필요 없는 사람이라고 느꼈다, 짜증이 났다, 만사가 귀찮았다, 심장이 두근거렸다 등 무려 대여섯 쪽에 달하는 길게 늘어진 질문지에 '거의 그렇지 않다, 대체로 그렇다, 자주 그렇다, 거의 그렇다' 4가지 중 하나를 고르라고 되어 있다. 설문지를 작성하고 있는데 갑자기 악을 쓰는 남자와 이를 진정시키려는 간호사 사이에 실랑이를 벌이는 소리가 들렸다. 앞에 앉아 있는 사람이 나를 뚫어지게 쳐다보는데 그 눈빛이 예사롭지가 않다. 동네 병원에 갔을 때 보다 주위가 어수선하고 으스스했다.

설문서 작성 제출 후 진료실로 들어오라는 부름을 받았다. 동네 병원에서 와는 달리 의사와 환자와의 거리가 3m 정도 떨어져 있었다. 정신병 환자의 돌발적 행동으로부터 의사를 보호하려는 조치의 하나로 여겨졌다. 컴퓨터 화면의 설문지 결과물을 들여다보더니 심한 것은 아니지만 우울증이 있으니 치료해야 한다면서 로라반 0.5 밀리그램 1정, 스타브론 12.5 밀리그램 2정, 트리티코 25밀리그램 1정을 처방해 주면서 아침 식사 후에 스타브론 1정을, 취침 전에 로라반 1정, 나머지 스타브론 1정, 트리티코 1정을 복용하라고 했다. 이

전 병원에서 처방된 약보다 약하지만, 효과는 더 좋을 거라고 했다.

　설문지 분석에 근거해서 처방했으니 조금 더 신뢰감이 가긴 했으나, 객관적인 혈액 분석이나 영상 분석이 아니고 환자의 주관적 응답에 의존한 것이라서 찝찝함이 남았다. 새로운 약 복용 결과 수면효과는 비슷하나 아침에 일어났을 때 입안이 마르는 증상이 개선되었다. 그러나 수면 중 땀이 나는 현상은 그대로였다.

　2주 후 다시 1달분을 처방받았다. 앞으로 얼마나 더 이 어두운 터널을 지나야 할지 터널의 끝이 있기나 한지, 긍정적으로 생각해 보려 해도 자꾸 주저앉고 만다. 우울증 진단을 받아서 그런지 의욕이 현저히 떨어지고 의사 결정에 어려움을 겪고 있다는 생각이 들었다. 텔레비전 소리도 거슬리고, 카톡이나 이메일이 와도 그 내용을 보고 싶지 않고, 보았다 하더라도 회신을 미루거나 무시해 버리는 일이 잦아졌다. 이런 나를 옆에서 지켜보고 있는 아내의 심정이 어떨지 전혀 헤아리지 못했고, 기분을 풀어주려는 그녀의 화려한 연기또한 별 도움이 되지 못했다.

심장 검사를 받다

두 번째 심장 발작으로 응급실에 다녀온 지 2주가 지났다. 그동안 처방받은 정신과 약으로 하루하루 힘겹게 버텨 나가고 있다. 오늘 드디어 서울로 심장 검사받으러 가는 날이다. 가벼운 옷차림에 운동화를 챙겨 오라는 것으로 보니 한바탕 뛸 모양이다. 문제점을 밝힐 수 있으리라는 희망과 큰 문제가 있으면 어쩌나 하는 두려움이 교차한다.

기차를 타고, 지하철을 타고, 걸어서 집을 나선 지 세 시간 만에 병원에 도착했다. 먼저, 심장 초음파 검사를 받았다. 누워있는 내 가슴에 젤리를 바르고 탐지봉으로 심장 근처를 누르면서 이리저리 움직이며 중간중간에 "숨 참으세요.", "숨 쉬세요."를 수차례 반복하더

니 30분쯤 지났을까,

"다 끝났습니다. 수고하셨어요. 젤리를 휴지로 닦고 밖으로 나오세요."

탐지봉으로 누를 때 찌릿찌릿 아픈 데도 있었으나 견디지 못할 정도는 아니었다. 검사 전 긴장을 해서인지 혈압이 올라가고 심장 박동이 증가하는 느낌을 받았는데 혹시 검사를 망친 건 아닌가 하는 생각도 들었다.

초음파 검사실을 나오니 옆방으로 안내되었다. 가져온 운동화로 바꿔 신었다. 가슴에 여러 개의 센서를 붙이고 트레드밀 위에 올라섰다. 이것은 제자리에서 걷기, 달리기를 할 수 있는 실내 운동 기구로서 이미 잘 알고 있으며, 오래전에 한번 해 본 적이 있다. 언제든지 힘들면 이야기하라는 당부와 함께 트레드밀이 수평 상태에서 천천히 돌아가기 시작하더니 단계적으로 속도가 빨라졌다. 전광판에는 심장이 뛰는 파동이 실시간으로 그려진다. 검사자는 전광판과 나를 번갈아 관찰하고 있다. 수평 걷기에 이어 트레드밀의 각도를 조절해 가면서 언덕길 걷기를 수행하였다. 언덕길 경사가 점점 높아지고, 속도도 빨라지니 숨이 턱 밑까지 차오른다. 검사자가 괜찮냐고 자주 물어보며 걱정스러운 표정을 지었으나 이를 악물고 버텼다. 그러나 이내 무슨 일이 일어날 것 같은 느낌이 들어 항복했다.

트레드밀 검사 후 한 20분 정도 휴식을 취했다. 쉬는 동안 혈압을 쟀는데, 심장이 원 상태로 복원되고 있는지 알아보기 위한 게 아닌가 싶다. 마지막으로 오후 3시, 가슴에 붙어 있는 센서를 '홀터'라고 부르는 휴대폰 크기의 기계에 연결해 주었고, 잘 때도 상의 호주머니에 넣고 자라면서 24시간 후에 반납하라고 했다. 땀이 나는 무리한 운동은 하지 말라는 말을 덧붙였다.

얼마 전 수면다원검사를 통해 수면 무호흡증이 있음이 밝혀진 바 있다. 무호흡이 길어지다 무의식적으로 놀라 잠이 깨면서 심장 박동이 빨라지고 이것이 땀이 나는 원인이 될 수도 있겠다는 생각을 하고 있었다. 수면 중 홀터가 이런 심장 박동의 변화를 감지할 수 있을 테니 이 기계에 기대를 걸어 본다.

다음 날, 홀터 착용 후 24시간 경과 시점인 오후 3시 병원에 도착하였다. 검사자는 기다리고 있었다는 듯 반갑게 맞아 주었다. 가슴에 붙어 있는 센서들을 제거하고 홀터 기계를 회수하면서, 심장 검사와 관련된 모든 결과는 1주일 후 외래를 방문하여 담당 의사에게 들으라고 하였다. 홀가분하면서도 나쁜 결과가 나오는 것은 아닌지 걱정스러웠다.

결과를 기다리는 1주일 동안 정신과 약물을 계속 복용하면서 부정적 생각을 지우는 데 도움이 될까 해서 집 근처 배방산에 올랐다. 산은 360m 정도로 그렇게 높지 않으나 3차례의 오르막이 있고 제법 그 경사도가 높다. 2번째 오르막 중간 지점에 이르렀을 때 좌측 등으로부터 목을 지나 귀로 이어지는 내부 통로를 따라 찌르는 듯한 통증이 뻗치기 시작하더니 산을 오를수록 그 강도가 세졌다. 앞서가고 있는 아내와의 거리가 점점 멀어져 갔다. 아프기 전에는 내가 선두였는데. 혼자 갔으면 포기하고 되돌아왔을지 모르나, 동행이 있다 보니 꾸역꾸역 아픔을 참고 정상에 올랐다. 하산 길에 통증이 줄어들었으나 하산 후에도 얼얼한 여운이 남았다. 심장과 관련이 있는 것 같아 여간 찜찜하지가 않다.

심장 검사결과를 보러 가는 날이다. 얼마만큼의 각오를 하고 진료실 문을 열고 들어섰다. 의사는 컴퓨터 화면을 보고 있다가 잠깐 앉으라는 눈길을 주고는 다시 컴퓨터 화면을 뚫어지게 쳐다본다. 무슨 문제가 있을까? 심장이 두근거린다. 컴퓨터 화면을 위아래로 한참을 올리고 내리면서 고개를 까딱까딱하더니 내 쪽으로 휙 돌려 앉는다.

"와, 심장 관리 잘 하셨네요."

뜻밖이다. 나도 모르게 웃음이 나왔다. 정지했던 피가 온몸으로 사르르 퍼지는 느낌이다. 트레드밀 검사에서 나이에 비해 높은 운동부하를 견뎌냈다고 한다. 앞으로 최소 5년은 심장 걱정 안 해도 되겠다고 하면서 껄껄 웃는다. 수면 중 심장 박동에 이상이 있는지 물어보았는데 직접적인 대답 대신 24시간 동안 뛴 심장 박동 수가 십만 번 정도로 정상이니 염려 말라고 했다. 산에 오르다가 경험했던 등과 목 쪽으로 뻗치는 통증에 관해 물어보니 심장보다는 위산 역류 때문일 것 같다고 하면서 역류성 식도염약을 한 달분 처방해 주었다.

불현듯, 복용하고 있는 정신과 약물의 교감신경 진정 효과로 인해 심장 박동 수가 정상으로 나타난 건 아닌지 의구심이 든다. 이걸 물어보았어야 했는데. 그러나 다시 진료실로 들어갈 용기가 나지 않는다. 심장 검사 전 약 복용 사실을 의사에게 얘기했으니 어련히 참작했겠지.

자다가 땀이 나는 원인이 수면 무호흡에 기인한 심장 박동 이상 때문이 아닌가 했던 나의 가설은 증명되지 못했다. 그렇다면, 스트레스 탓인가? 그럴지도 모르나 이를 입증하기는 생각보다 쉽지 않아 보인다.

서울까지 검사받으러 다니는 일이 번거로웠다. 서울에서 검사받은 자료를 모두 떼 가지고 와 응급실 입원했던 집 근처 병원의 심장 내과 의사에게 외래 진료를 신청했다. 자료들을 살펴보더니 퉁명스럽게 괜찮은데 왜 왔냐고, 아플 때 오라고 한다. 아프지도 않으면서 병원 오면 의사도 맥이 빠지나 보다. 검사도 하고 약 처방도 하고 해야 돈이 들어오는데 진료만 보고 가는 나 같은 사람은 환영받지 못한다는 걸 미처 몰랐다.

심장 검사를 통해서 내 심장의 기본이 망가지지 않았다는 것을 확인하게 되어 기쁘고, 가까운 병원에 검사 자료를 등록하고 필요할 때 손쉽게 진료를 받을 수 있게 되어 마음 든든하다. 그러나 잠시 비쳤던 햇살은 이내 사라지고 먹구름이 다시 머릿속을 뒤덮는다. 오늘 밤을 어떻게 넘기지? 정신과 약물에 중독되는 것은 아닐까? 땀은 도대체 왜 나는 거야?

사진 속의 사람들이 잘 안 보인다

시력 하나는 좋게 태어났다. 대학교 다닐 때까지는 시력 검사하면 보통 1.5, 어떨 때는 2.0까지 나온 적도 있었다. 나이가 들어가면서 조금씩 시력이 떨어졌으나 건강 검진 기록을 보니 65세 정년퇴직하는 해에도 1.0을 유지하고 있었다. 가까운 거리에 있는 글자는 50세부터 안보이기 시작해서 돋보기에 의존해 오고 있다.

정년퇴직 후에 시력이 조금씩 떨어지는 느낌을 받았으나 일상생활에 큰 지장은 없었다. 글자가 조금씩 겹쳐 보이기 시작했지만 걱정할 정도는 아니었다. 난시가 조금 생겼나 보다 했고, 그동안 두세 차례 돋보기 도수를 조정했다.

두 번째 심장 발작으로 응급실을 다녀온 다음 날, 무심코 서재 방

책장에 놓인 사진을 쳐다보았는데 사진 속의 사람들이 잘 안 보인다. 얼굴 윤곽이 흐릿하다. 가슴이 철렁 내려앉는다. 심장 발작 시 받았던 충격보다 더했다. 무엇이 잘못되어도 한참 잘못되어 가고 있다. 거실로 나가 벽에 붙어 있는 가족사진을 들여다보는데 사람들 얼굴이 정말 잘 보이지 않는다. 황당했다. 이 사진을 걸어 둔 지가 2년여 되었는데 처음부터 사람들의 윤곽이 흐릿하였었는지, 아니면 그 이후 어느 시점부터 흐릿해졌는지도 모른다. 그러나 오늘처럼 흐릿하다는 것을 체감한 적은 없었다. 얼마 전까지도 잘 보였다는 생각이 든다. 착각인지 모르겠지만.

심장 발작 시 눈으로 가는 혈류에 문제가 생겼나? 복용 중인 정신과 약물의 부작용인가? 별의별 생각들이 꼬리를 문다. 그동안에도 가끔 사진을 쳐다봤을 터인데 안 보였다는 기억이 없는 걸 보면 최근에 갑자기 생긴 문제인 것 같아 안절부절, 사진을 들여다보고 또 들여다보았다. 돋보기를 쓰니 잘 보인다.

동네 안과 병원을 찾았다. 겉보기와는 달리 문을 열고 들어서니 상당히 넓고 여러 가지 장비들이 줄지어 놓여 있고 접수대에 서너 명의 직원이 방문객을 맞이하고 있었다. 전체적 분위기가 역동적이고 젊은 기운이 가득하다. 접수처 직원이 이름을 물어 대답했더니 "처음 오셨네요" 하면서 주민등록번호, 주소, 전화번호를 대라고 해서 알려 주었다.

"어떻게 오셨어요?"

"갑자기 시력이 떨어진 것 같아서 왔는데요."

다짜고짜 검사를 해보자고 한다. 아직 의사도 안 만났는데 무슨 검사를 한다는 건지. 따라오라는 대로 가니 글자판 앞에서 한쪽 눈 가리고 하는 시력검사, 안압 검사, 굴절률 검사를 일사천리로 진행한다. 나는 이런 거 하러 온 게 아닌데. 시력이 갑자기 나빠진 이유를 알고 싶어서 온 것인데. 과잉진료라는 느낌이 들었다.

검사를 마치고서야 진료실 앞으로 안내되었다. 진료실이 3개인 것을 보니 의사가 3명인가 보다. 잠시 후 부름을 받아 진료실 안으로 들어가니 젊은 의사가 반갑게 맞이한다. 자다가 땀이 나는 것부터 시작해서 정신과 약물을 복용하고 있는 이야기, 심장 문제로 응급실에 갔던 이야기, 어제 갑자기 사진 속 사람들이 갑자기 잘 안 보여 당황했다는 이야기를 나름대로 조리 있게 설명했다. 의사가 눈을 한 번 보자면서 불빛을 비추고 양쪽 눈을 번갈아 들여다보더니

"별 이상이 없네요."

별 이상이 없는 데 왜 갑자기 시력이 떨어졌나? 뭘 좀 자세히 검사 해야 할 것 같은데, 젊은 의사라 경험이 부족해서 그런가, 신뢰가 가지 않는다. 혹시 눈으로 들어가는 실핏줄이나 시신경이 손상된 건

아닌지 물어보았다. 의사가 잠시 생각하더니,

"돋보기를 쓰면 보여요?"

"네."

"돋보기를 쓰고 잘 보인다는 것은 혈관과 신경에 아무 문제가 없다는 것 아닌가요?"

의사를 믿지 않는 버르장머리 없는 환자를 대하는 말투다. "아, 그렇지." 의사 말이 맞네. 그런데 왜 안 보여?

진료실 밖으로 나오니 돋보기 처방전을 만들어 기다리고 있었다. 처방전과 함께 안경을 하나 들고 와서는 껴보라고 한다. 그 안경을 끼니 멀리 있는 물체가 훨씬 선명하게 보였다. 먼 거리 보는 시력도 떨어져 있다고 하면서 하나의 안경으로 가까운 거리, 먼 거리 다 잘 보이게 할 수 있다고 한다.

'내가 오늘 안경 맞추러 온 게 아니에요, 이러지 마세요'라는 말이 입 밖으로 나올 뻔했다. 안경 처방전을 들고 병원을 나왔다. 궁금증은 해소되지 않았고, 눈이 더 나빠져 아예 안 보이게 되면 어쩌나 하는 극단적 생각까지 들었다. 아무래도 큰 병원에 가 보아야겠다.

심장 검사결과 보러 서울 병원 가는 김에 안과 진료 예약을 잡았다. 여기서도 시력검사, 안압 검사, 굴절률 검사를 또 한다. 일주일 전에도 이 검사 받았는데. 한 병원에서 받은 검사결과와 처방전이 전국 모든 병원에서 공유되었으면 좋겠다는 생각이 들었다. 이렇게 하면 중복 검사를 막고 약물의 상호작용에 의한 부작용을 예방하는 데 도움이 될 텐데. 기술적으로 어려운지, 이해 충돌 소지가 있는지. 관련 제도나 시스템이 개발되고 있다는 얘기를 들어보지 못했다.

진료실로 안내되어 의사와 마주 앉았고, 의사에게 이전 병원에서 했던 이야기를 되풀이했다. 이전 병원에서 했던 것보다 조금 더 복잡한 기계로 조금 더 오래 눈을 들여다보고 나서는

"큰 문제는 없어 보이네요. 망막 속 미세 혈관의 파열 또는 막힘이나 백내장 때문에 시력 저하가 올 수 있는데 심각해 보이지 않아요. 백내장 수술은 좀 지켜보다가 하긴 해야 할 것 같네요."

갑자기 시력이 떨어진 이유는 끝내 밝혀지지 않았다. 진료실을 나오니 또 안경 처방전이 기다리고 있다. 그렇지 않아도 다가오는 운전면허 갱신에서 시력 기준을 통과할 자신이 없었는데 처방전 가져가 안경을 새로 맞춰야 할까 보다.

심장 검사, 눈 검사 모두 별 이상이 없다니, 그동안 야단법석을 떨어 아내에게 면목이 없다. 그래도 아직 숨겨진 무엇이 있을 것 같은 생각을 지울 수가 없다. 그녀는 요즈음 내 표정이 어두워 보였는지

자기가 하는 것처럼 웃어 보란다. 하라는 대로 입꼬리를 올려 보지만 이내 원위치로 돌아간다. 힘내라고 하는데 힘낼 기운이 없다. 짜증이 난다. 그러고 보니 그녀의 얼굴을 똑바로 쳐다 본지도 꽤 오래 되었다.

안과 병원 다녀온 이후로 부쩍 부정적 생각이 많아졌고, 서재 방 안락의자에 반쯤 드러누워 멍청하게 허공을 바라보는 일이 잦아졌다. 아내가 방문 옆을 지나치면서 나를 힐끗힐끗 쳐다본다. 그녀의 속도 겁게 타들어 가리라. 훌훌 털고 일어나 그녀를 기쁘게 해주어야 할 텐데, 내 마음은 왜 물먹은 솜처럼 무겁게 가라앉기만 하는지.

자전거와 충돌하다

현재 복용 중인 정신과 약물의 부작용 설명서에는 졸음, 집중력 저하를 가져올 수 있으니 운전이나 기계 조작에 주의하라고 되어 있다. 장거리 운전은 자제하고 있으나, 시장 등 동네 근처는 살살 다니고 있는데 별문제 없어 보인다. 일주일에 한 번씩 식료품을 사러 하나로마트에 차를 가지고 간다.

하나로마트에서 오는 길에 1차선 도로가 4차선 도로와 만나는 곳이 있는데 4차선 도로의 위치가 높아 이 지점에 경사면이 있다. 통상적으로 이곳에 도달하면 일단 정지하여 고개를 왼쪽으로 돌려 접근하는 차량이 있는지 확인하고 우회전하면서 경사면을 올라 4차선 도로로 진입하곤 했다.

오늘도 장을 보고 평상시와 마찬가지로 차 속도를 줄이며 그 지점에 접근하고 있었는데, 자전거 한 대가 정면에 갑자기 나타나더니 어어, 하는 사이 순식간에 오른쪽 범퍼에 부딪히고 넘어졌다. 브레이크를 밟아 내 차는 정지했으나, 자전거는 경사면을 내려오며 가속이 붙어 있는지라 충돌을 피하려 핸들을 오른쪽으로 급히 꺾었으나 관성을 이기지 못했다. 자전거는 4차선 도로의 좌측에서 우회전하여 1차선 도로로 진입하고 있었다.

재빨리 차에서 내려 자전거와 함께 넘어져 있는 사람을 부축하여 일으켜 세우고 어디 아픈 데가 없는지 물어보았다. 그 사람의 첫마디는 "죄송합니다."였다. 마스크를 쓰고 있어 얼굴은 볼 수 없었으나 20대 젊은 청년으로 보였다. 다시 아픈 데가 없냐고 물으니 팔과 다리가 좀 아프다고 했다. 말하는 거나 움직임으로 보아 크게 다치지는 않은 것 같았다.

자동차 보험회사에 전화를 걸었고 10분쯤 후 담당자가 도착하였다. 그에게 자초지종을 설명하였더니 내 잘못은 없다고 하면서 블랙박스를 보자고 한다. 그런데 블랙박스가 켜있지 않았다. 가끔 운행 중 블랙박스 켜는 것을 잊어버리곤 하는데 오늘이 그 날이다. 담당자는 블랙박스 영상 기록이 없으면 상대방의 잘못을 입증하기가 어렵다고 하면서 난감해하더니, 경찰에 신고하라고 했다. 상대방이 나중에 엉뚱한 소리를 하는 경우가 있으니 경찰을 불러 현장에서 진술서를 받아 두는 게 좋겠다고 하였다.

경찰 신고 후 얼마 지나지 않아 경찰 2명이 도착했다. 경찰에게 사고 경위를 설명했고, 그들은 사고 현장의 사진을 찍더니 나에게 진술서를 쓰라고 했다. 손이 떨려 진술서에 글자 쓰기가 어려웠다. 당황스러웠다. 삐뚤빼뚤 가까스로 진술서를 작성하여 제출한 후 주위를 살펴보니 그 청년도 한쪽에서 진술서를 쓰고 있었다. 경찰은 이런 작은 사고에 자기들을 불렀느냐는 눈치를 했고 접수되었으니 경찰에서 연락이 갈 거라고 하면서 떠났다. 이어서, 보험회사 담당자도 사건처리 잘 하겠다고 하면서 자리를 떴다.

차에 함께 탔던 아내에게 먼저 집으로 가라고 하고 나서 그 청년을 태우고 인근의 알고 있던 정형외과로 향했다. 차 속에서 그가 전화를 걸더니, 자기 아버지가 다른 병원으로 데리고 가겠다고 하니 원위치로 데려다 달라고 한다. 제자리로 돌아와 내려주고 전화번호를 교환하고 헤어졌다.

집에 돌아와 아내와 함께 왜 이렇게 나쁜 일들이 겹쳐 일어나는지 모르겠다고 신세 한탄을 하고 있던 차, 그 청년의 아버지로부터 전화가 걸려 왔다. 종합병원에서 검사를 받는 중인데 아들에게 머리를 부딪쳤는지 물어보았으나 기억이 없다고 하면서 나한테 어떻게 된 일인지 물어보았다. 가슴이 철렁 내려앉았다. 머리를 다쳐 기억이 없다고 하나? 나는 자전거가 갑자기 나타난 것만 생각날 뿐 이후 자전거가 넘어지는 과정에 대한 기억은 전혀 없다. 옆에서 엿듣고 있던 아내 왈, 자기가 넘어지는 것을 보았는데 분명히 머리는 땅에 닿지 않았다고 한다. 그 아버지에게 아내의 이야기를 전달하고, 미심쩍으면 머리 사진을 찍어 보라고 하니 잘 알겠다고 하면서 전화를 끊었다. 머리에 헬멧을 쓰고 있지 않았던 것은 확실하다.

얼마 후 궁금해서 그 아버지에게 전화를 걸어 머리 사진을 찍어 보았냐고 하니, 의사가 괜찮을 것도 같다면서 하루 이틀 기다려 보다가 이상이 있으면 오라고 했다고 한다. 그 아버지의 음성이 생각 밖으로 부드러워 좋은 사람이라는 느낌을 받았다. 아들이 어디 가는 중이었냐고 물어보니 중국집에 아르바이트 가는 중이었다고 하면서 입대를 앞두고 휴학 중이라고 하였다.

전화벨이 울릴 때마다 간이 콩알만 해진다. 혹시 머리에 이상이 있다는 전화가 아닌가 해서. 전화벨이 울렸다. 긴장되어 침을 한번 삼키고 전화를 받으니 경찰서였다. 상대방이 심각하게 다치지 않았으면 합의를 하고 여의치 않으면 경찰서로 출두하여 조사를 받아야 한다고 했다. 보험회사에 전화를 걸어 이 사실을 알렸더니 자기들이 이미 접촉하고 있으니 걱정하지 말라고 하면서 진단, 치료가 어느 정도 마무리되는 시점에 결과를 알려 주겠다고 한다.

사고 난 지 사흘이 지났다. 무소식이 희소식이라는 것을 알면서도 궁금해서 견딜 수가 없다. 그 아버지에게 다시 전화를 걸어 머리가 어떠냐고 물었더니 괜찮다고 하면서 오른팔 타박상으로 4주 진단이 나왔다고 했다. 3주 후에 훈련소에 가야 하는 데 걱정이라고 했다. 최악의 상황은 피했다는 안도감에 나도 모르게 한숨이 나왔다.

훈련소 입소 1주일 전쯤 보험회사에서 전화가 왔다. 자기들이 잘 처리했다고 한다. 치료비가 궁금해서 물어보니, 치료비는 물론이고 완치 전에 훈련소에 입소하는지라 위로금까지 주었다고 한다. 내가 잘못이 없는데, 있더라도 상대방 잘못이 훨씬 크다고 생각하고 있었는데, 억울했다. 차량과 사람 사이의 접촉사고 시에는 무조건 사람이 갑이라고 하면서, 내 경우에는 블랙박스도 꺼져 있어 잘못을 가리기가 어려운 상황이었으니 이 정도로 마무리된 것은 천만다행이라고 했다.

이 사건 이후로 하나로마트에서 집으로 돌아오는 길을 1차선 지름길에서 2차선 우회로로 변경하였다. 얼마 후 차 년도 자동차 보험료

고지서가 날아왔는데 무려 20%나 할증되어 있었다. 그만하길 다행이라 생각하면서도 왜 자꾸 안 좋은 일이 생기는지, 화산폭발의 전조 증상은 아닐까 하는 불안한 마음이 들었다.

이명 소리가 들리다

  잠자리에 들기 30분 전부터 주위를 어둡게 하고 수면 음악을 듣다
가 이어폰을 낀 채로 침대에 누워 잠을 청했다. 딱히 수면유도 효과
를 체감하지는 못했으나 아무래도 도움이 되겠다 싶어 계속 들었다.
어느 날 수면 음악을 듣는 데 벌레 울음소리가 섞여 들린다. 왜 그럴
까 하고 이어폰을 제거했는데 벌레 울음소리가 계속 들린다. 아니
이런 일이. 이어폰을 수차례 꼈다 뺐다 해보았는데 벌레 울음소리가
그치질 않는다.

  눈을 감고 집중하여 들어보니 그 소리는 빠른 주파수의 금속성 소
음에 가까웠다. 소리의 근원을 더듬어 보니 오른쪽 귀 위쪽 머릿속
이다. 잠자리에 드니 그 소리가 더 크게 들려 도저히 잠을 이룰 수가

없다. 그날 밤 거의 뜬눈으로 지새웠다. 머리가 돌아버릴 것 같다. 낮에는 소리가 좀 줄어들었다가 밤이 되어 주위가 조용해지면 심해졌다.

불과 일주일 전 사진 속 얼굴이 안 보인다며 야단법석을 떨었는데, 갑자기 귀에서 이런 소리까지 들리다니, 물에 빠져 허우적대는 사람을 물속에 처박아버린 꼴이다. 온몸에 힘이 빠져 방바닥에 대자로 드러누웠다. 귀에서 나는 소리가 배고파 우는 매미 소리 같다. 한참을 울어 대다가 잠시 조용해지며 '삐~' 소리가 잠깐 들리더니 다시 매미들이 악을 쓰고 울어 젖힌다.

서둘러 이비인후과 병원을 찾았다. 의사가 귓속을 들여다보더니 물이 좀 고였다고 하면서 그동안 먹먹하지 않았냐고 물어본다. 주삿바늘로 고막을 찔러 고인 물을 빼냈다. 귀가 좀 뻥 뚫리는 기분이 들었다. 그동안 잠자는 문제에 신경이 집중되다 보니 귀가 먹먹한지도 모르고 지냈나 보다. 귀에서 나는 소리가 '이명'이라고 하였다. 이 단어는 난생처음 들어보았다. 이것은 난청이나 고막 주위의 혈류 장애 또는 자율신경 이상 등에 의해 발생한다고 하면서 우선 청력 검사를 해 보자고 했다.

청력 검사실로 안내되었다. 유리창을 사이에 두고 검사자와 마주 앉았다. 헤드폰을 쓰고 검사자가 보내는 음성 신호가 들리는 대로 단추를 누르는 비교적 간단한 검사지만, 검사 시간이 한 시간 정도로 일반 건강 검진의 청력 검사보다 지루했다. 소리가 작아질수록 귀를 쫑긋하고 신호를 놓치지 않으려고 애를 썼다. 왼쪽 귀 보다 물을 뺐던 오른쪽 귀가 조금 이상하다는 느낌을 받았다. 어떤 소리는 들리는 것도 같고, 안 들리는 것도 같고, 이명 소리에 묻혀버리는 것도 같았다. "수고하셨어요." 검사결과는 진료실로 가서 의사한테 들으라고 한다.

진료실에서 의사를 만났다. 그녀는 컴퓨터 화면의 청력 검사 기록을 훑어보더니 오른쪽 귀의 청력이 좀 떨어져 있고, 특히 고주파수 영역의 소리를 듣는 데 문제가 있다고 하였다. 지금까지 건강 검진에서 청력에 이상이 있다는 말은 들어본 적이 없는데 뜻밖이다. 고막에 물이 계속 찰 가능성이 있고, 그러면 고막을 관통하여 작은 튜브를 삽입하는 수술을 받아야 한다고 했다. 고막 주위의 혈류를 좋게 하는 약을 처방해 주면서 열흘 후에 보자고 했다.

수년 전부터 매일 복용하고 있는 크론병약에다 요즈음 정신과 약이 더해지고 거기에 이명약까지 더해졌으니 간이 나자빠지는 것 아닌가 걱정스럽다. 이명약 복용 첫날 밤 심장이 두근거리는 느낌을 받았다. 며칠 더 복용하다가 아무래도 이건 아니다 싶어 복용을 중

단했다. 정신과 약으로 잠자는 문제가 어느 정도 해결되다 보니 이
명 소리는 참아 보기로 마음먹었다. 이명 소리가 들려도 정신과 약
이 신경을 강제로 무디게 하여 잠에 빠지게 하니 그런대로 버틸 만
했다. 아주 괜찮은 건 아니고 잠 못 이루는 고통에 비해 참을 만하
다. 심장에 대한 트라우마 때문에 두근거림에 지레 겁을 먹은 것이
다.

약속된 날짜에 이비인후과를 재방문하여 약의 부작용에 관해 이
야기하였더니 그럴 리가 없다고 하면서 안타까워하였다. 귀에 더는
물이 차지 않았고 청력이 저하되기는 했으나 보청기 착용을 고려할
단계는 아니라고 했다. 환자의 제멋대로 행동에 실망했는지 이명에
대해서는 별말이 없다.

귀에 이상이 생긴 이후로 귀가 잘 들리는지 점검하는 버릇이 생겼
다. 한쪽 귓구멍을 손가락 끝으로 막고 다른 쪽 귀로 시곗바늘 돌아
가는 소리를 들어본 후 같은 방법으로 반대쪽 귀도 테스트해본다.
확실히 오른쪽 귀가 잘 안 들린다. 아내한테 안 들리는 귀 쪽에서
말 해보라고 했다. 들린다. 이 정도라도 잘 유지가 되어야 할 텐데.

동생이 아프다는 소식을 듣고 오랜만에 여든 살이 다된 누나가 전
화를 했다. 학교 갔다 온 어린아이가 학교에서 있었던 일을 엄마에

게 고해바치듯, 여기도 아프고 저기도 아프다고 하소연을 늘어놓으니 "얼마나 아팠을까, 많이 힘들지?"라고 공감을 해 준다. 그러면서, 당신도 이명 소리가 들린 지 10년이 넘었다고 하며 이비인후과에도 다니고, 한의원에서 침도 맞아 보고, 별짓 다 했는데 소용없다고 하면서 지내다 보면 감각이 좀 무디어진다고 했다. 누나도 그렇다는 소리를 들으니 위안이 되었다.

김혜연, 이회창 공저 『이명이 사라지는 순간』에 이런 문구가 나온다.

"진료실에서 의사한테 맡겼으면 그냥 믿고 따르면 된다고 환자에게 자주 이야기하곤 한다. 모든 분야에서 모든 걸 다 알고 관장할 필요는 없다. 이런 행동 패턴을 바꿔야 이명이 낫는다는 걸 깨달아야 한다. 아주 중요하고 자신이 책임져야 할 문제는 강한 자극으로 받아들이되, 중요하지 않거나 상대방이 더 잘할 수 있는 것은 신경 쓰지 말고 맡길 줄 알아야 한다. 뇌가 쉴 수 있도록 대충 넘어 가는 걸 배워야 한다."

대충 넘어가야 하는데 그게 점점 힘들어진다. 소나기는 시간이 지나면 자연스럽게 물러가게 되어 있는데, 소나기가 내리는 이유를 알려 하고, 소나기가 더 심해지면 어쩌나 쓸데없는 걱정을 하고, 소나기가 나한테만 유난히 세차게 내리는 것 같은 착각에 빠지곤 한다.

걱정하면 스트레스가 쌓여 건강에 해롭다는 것을 알면서도 걱정을 떨쳐 내질 못하고 있다. 숨을 들이마시고 내쉬면서 코끝에 느껴지는 감각에 집중하면 걱정이 사라진다는 얘기를 들은 적이 있어 그렇게 해 보기도 했으나 그때뿐이다. '걱정해서 걱정이 없어지면 걱정이 없겠네'라는 티베트 속담을 떠 올려도 보았으나 그 효과는 반짝하고 사라진다. 이 화두를 쥐고 몇 날이고 씨름을 해보면 어떨까 하는 생각도 해보았다. 그러나 지금의 나에게는 이를 행동으로 옮길 만한 힘이 없다.

죽음에 대한 준비

올 1월 초, 자다가 땀이 나는 어쩌면 대수롭지 않은 일을 시발점으로 수면 장애, 심장 발작, 정신과 약물 복용, 자전거와 충돌 사고, 시력 저하에 이어 이명 발생이 쓰나미처럼 덮치다 보니 심신이 너덜너덜해졌다. 5개월 만에 체중이 5kg 이상 빠졌다. 출구가 보이지 않는 터널에 갇혀 허우적거리고 있다.

죽음이 가까워진 건 아닌지 덜컥 겁이 났다. 부모님이 죽음에 이르는 과정을 옆에서 지켜보면서 나도 언젠가 이 길을 따라가겠지 하는 막연한 생각을 해 본 이래 죽음에 대해서는 별로 진지하게 생각하거나 준비하지 않았다. 환갑이 되어서야 첫 준비를 하였는데, 그것은 가족들과 환갑기념 사진을 찍은 후 사진관 주인에게 부탁해서 만든 흑백 영정사진이다.

이후 십 년이 지난 지금, 죽음이 언제든지 나를 덮칠 수 있겠다는 생각이 들면서 무얼 준비해야 하나 고민하고 있는데 아들 가족이 위문 차 찾아왔다. 족보를 넘겨주어야겠다는 생각이 먼저 들었다. 아들과 초등학교 6학년 손자를 앉혀 놓고 책장에 고이 모셔 놓았던 족보를 꺼내 펼치고, 박혁거세로부터 밀성대군, 언상(彦祥), 수량(守良)을 거쳐 아들, 손자에 이르는 밀양박씨(密陽朴氏) 정혜공파(貞惠公派)의 내력을 설명하고, 이제부터는 족보를 아들 집에 보관하는 것이 좋겠다고 했다. 아들은 아버지가 갑자기 왜 이러시나 의아해하는 눈치였다.

아들, 며느리에게 묘지에 대해 운을 떼었다. 아들이 사는 서울 근처로 해야 할지, 아니면 내가 살고 있는 아산 근처로 해도 괜찮겠는지 물어보았다. 며느리의 옅은 웃음 속에 살짝 당황한 빛이 보인다. "저희는 아무래도 좋으니 아버님 좋으실 대로 하세요"라고 하면서 내 표정을 살핀다. 아들은 아무 말이 없다. 아들 가족이 다녀간 후 인터넷 검색을 통해 인근의 C 공원묘지와 P 공원묘지의 위치를 확인해 두었다.

세상이 온통 형형색색의 봄꽃들로 물들고 연초록 잎사귀 위로 쏟아지는 햇빛이 반사되어 눈이 부신 5월의 끝자락에 아내와 함께 공원묘지 탐방을 나섰다. 자동차를 30분쯤 달려 C 공원묘지에 도착했다. 이곳은 예전에 한 번 지나친 적이 있는데, 명절 성묘객으로 인해 엄청난 교통 체증을 겪었던 기억이 난다. 50년 전에 설립되었고 이름만 들어도 알 만한 사람들이 잠들어 있는 곳이라고 하는데 그중에 장영희 교수가 눈에 띄었다. 그녀의 저서 『문학의 숲을 거닐다』를 읽어 본 적이 있다. 목발을 짚고 암 투병을 하며 학생들을 가르치고 글을 쓰는 씩씩한 그녀의 삶이 잔잔한 울림을 가져다준 책이다.

묘지의 형태는 매장묘, 납골묘 두 가지이며 요즈음 떠오르고 있는 자연장, 수목장은 갖추어져 있지 않았다. 매장묘는 보존 기간이 최대 60년으로 제한되나 납골묘에는 아직까지 기간 제한이 없다고 한다. 나지막한 산 전체가 묘로 거의 꽉 채워져 있어 그 끝이 보이지 않는다. 전체를 둘러보는 것은 엄두가 나지 않았고 관리실 근처의 가족 납골묘를 살펴보았다. 전망이 좋지는 않으나 정문에서 가까워 마음에 들었다. 사후에는 볼 수가 없으니 전망은 크게 문제 될 게 없겠으나, 방향은 남쪽이었으면 했다. 죽은 자에 무슨 감각이 남아 있다고 추위 걱정을 하는지 알다가도 모를 일이다. 아내도 장소가 맘에 든다고 했다. 지척에 이렇게나 많은 망자들과 이웃하고 있었다니, 삶과 죽음이 손바닥과 손등의 관계처럼 느껴졌다. 묘지 계약 안내서를 챙겨 들고 다음 목적지인 P 공원묘지로 향했다.

P 공원묘지 입구에 들어서니 거대한 산 전체가 꼭대기까지 온통 계단식으로 조성되어 있고, 각 계단에는 매장묘들이 횡대로 늘어서 있는데 그 숫자를 헤아리기 어려울 정도였다. 납골묘는 처음에는 눈에 띄지 않았는데 찬찬히 살펴보니 산 아래쪽 평지에 배치되어 있었다. 납골묘를 손보고 있는 노인을 만났는데 관리책임자라고 했다. 뭘 하고 있냐고 했더니 새로 설계한 통풍구를 살피고 있다고 한다.

C 묘지 관리자로부터 납골묘 내에 습기가 들어가면 화장 유골이 부패하기 때문에 뚜껑을 덮은 다음, 공기가 내부로 스며들지 않도록 기밀을 유지하는 게 중요하다는 얘기를 들었는데, 통풍 구멍을 뚫어 놓은 것이 새로운 설계라니 어리둥절했다. 아무리 기밀 유지를 잘 해도 습기가 들어가기 마련이라며 통풍구가 없으면, 한번 안에 갇힌 습기가 빠져나오지 못하므로 오히려 해롭다고 한다. 창의적 발상인 듯하나 과학적 검증이 필요해 보였다.

부모님을 비롯한 가까운 친척 중에는 아직 납골묘에 모셔진 예가 없다. 나 자신을 어떻게 해야 할지는 구체적으로 생각해 본 바 없으나, 납골묘로 하려면 화장을 해야 하는데 얼마나 뜨거울까 하는 막연한 두려움을 가지고 있었다. 게다가, 매장하면 썩어서 천연 거름이 될 텐데, 화장하면 연료비가 추가로 들고 연소 과정에서 지구온난화 주범인 이산화탄소가 배출되는 문제점이 있다. 그래서인지, 언젠가 형제들 모임에서 매장, 화장 얘기가 나왔을 때 매장이 좋겠다는 쪽에 손을 들었다.

그러나 막상 죽음이 가까워진 처지에 이르다 보니 아내와 자식들에게 부담을 줘서는 안 되겠다는 생각이 앞선다. 당사자들 의견은 들어보지도 않고 그들에게 화장이 편하겠지 지레짐작을 하고는 납골묘 쪽으로 마음을 굳혔다. C 공원묘지에서 보아 두었던 관리실 근처 납골묘를 점찍었고 아내도 흔쾌히 동의해 주었다. 계약자 기준 8촌까지의 유골 14기를 함께 봉안할 수 있다고 했으며, 안치 기간에 제한이 없고, 년 십여만 원 정도의 관리비만 내면 따로 벌초할 필요도 없다고 하니 참 괜찮다는 생각이 든다. 큰일 하나를 이룬 듯 마음이 흡족하다. 아들 내외에게 알리고 다음 주쯤 계약할까 보다.

내 죽음을 지인들에게 알릴 수 있는 전화번호도 정리해야 하겠고, 유서도 써야겠고, 관리하고 있는 통장도 아내에게 알려줘야 할 것 같다. 틈나는 대로 옷가지며 소지품들도 정리해야겠다. 작년에 건강

보험공단에 가서 사전연명의료의향서를 등록해 두었는데 참 잘했다는 생각이 든다. 이 의향서의 작성은 임종이 가까이 왔을 때 연명의료를 더는 받지 않겠다는 것을 문서로 남겨두는 행위이다. 치료 효과 없이 생명을 연장하기 위해 행하는 심폐소생술, 항암제 투여, 인공호흡기 착용 등을 거부하겠다는 공적 의사 표시이다.

사망에 이르는 과정에서 겪게 될 고통은 상상을 초월한다고 들었다. 생전에 어머니가 혼잣말처럼 하시곤 했던 "잠든 듯이 떠나가고 싶다"라는 말이 귓전에 맴돈다. 그때는 왜 자꾸 그런 얘기를 하나 거슬렸는데 그렇게만 된다면 더없이 행복할 것 같다. 그러나 큰 고통 없이 생을 마감하는 사람은 극소수에 불과하다고 하니 그런 복이 나에게 주어질 가능성은 희박해 보인다.

죽음의 고통을 완화하는 호스피스 치료가 마음에 든다. 여기에 더하여 옛날 사람들처럼 곡기를 끊어 고통의 시간을 단축하는 것도 나쁘지 않다고 본다. 이유진의 『죽음을 읽는 시간』에서 보면 미국에서는 연명 치료 중단에 더하여 자발적으로 물과 음식물 섭취를 중단하는 행위도 허용되고 있다고 한다. 더 나아가 약물 주입에 의한 안락사도 허용되었으면 하는 바람이다. 우리나라 국민 중 안락사에 찬성하는 비율이 80%에 육박한다는 뉴스를 본 적이 있다.

마지막 고통의 강을 건너면 무엇이 있을까? 천국이 있고 지옥이 있을까? 태어나기 전의 세상에 대한 기억이 없듯이 죽은 후에는 아무것도 없을 것만 같다. 잠이 들면 아무것도 모르듯이, 죽음이란 감각을 느낄 수 없는 세상으로 빠져드는 거라는 생각이 든다. 나의 염색체 일부는 이미 자식들에 옮겨져 살고 있으니 내가 죽는다고 나의 모든 것이 사라지는 것은 아니다. 내 몸속에 존재했던 탄소, 수소, 산소 등의 구성 원소들 또한 소멸하는 것이 아니고 몸 밖으로 나와 흙 속으로, 물속으로, 공기 속으로 뿔뿔이 흩어져 거처를 옮길 뿐이다.

호스피스 병동에서 오랫동안 환자들을 돌본 의료진들의 경험에 의하면 천국의 존재를 믿는 신자들이 상대적으로 죽음에 대한 두려움이 적고 고통을 덜 느낀다고 한다. 독실한 기독교 신자인 아내의 손에 이끌려 마지못해 교회에 참석하는 엉터리 교인 생활 한지 어언 10년인데 이제라도 정신 차리고 천국의 문을 두드려야 할까 보다.

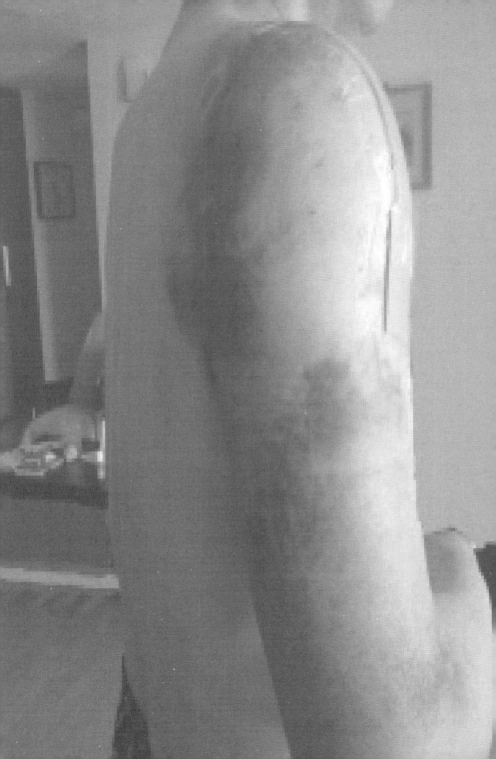

2부

코로나 백신 접종을 받다

중국에서 발생한 코로나가 온 세상으로 퍼져 나라마다 코로나 확산을 방지하기 위해 안간힘을 쓰고 있는지도 벌써 1년이 훌쩍 지났다. 모든 사람이 눈이 빠지게 기다리던 백신이 개발되었다는 소식이 전해졌다. 영국의 아스트라제네카, 미국의 화이자, 모더나 백신이 3차 임상시험을 통과하여 년 초부터 개발 국가들을 시작으로 접종이 시작되었고, 우리나라도 2월 말부터 요양시설 입소자와 종사자를 대상으로 아스트라제네카 접종이 시작되었다.

질병관리본부의 접종계획에 따르면 내 나이 또래의 일반인들은 5~6월에 접종을 받게 되어 있다. 백신 접종 후 부작용으로 목숨을 잃거나 반송장이 되어 병원에 입원해 있다는 뉴스가 심심찮게 보도 되다 보니 나도 어떻게 될까, 겁이 났다. 그냥 바로 죽으면 오히려 괜찮은데 대소변 못 가리고 가족들 힘들게 하면 어쩌나 하는 불안감이 머릿속에서 빙빙 돌다 보니 접종 예약을 선뜻 하기가 망설여진다.

그래도, 일단 예약은 해 놓고 보자. 나중에 취소할 수도 있다지 않은가. 6월 7일 동네 병원에서 접종받는 것으로 예약했다. 접종 주의사항을 찾아보니 건강상태가 좋지 않으면 기다렸다가 좋아진 다음에 맞으란다. 지난 몇 개월 동안 잠을 제대로 못 자고, 밤마다 땀을 흘리고, 신경안정제 도움으로 하루하루를 버티고 있는데 맞아도 괜찮을까? 접종 일이 다가올수록 하루에도 몇 번씩 예약을 취소해야 맞는 게 아닌가 하는 생각이 들었으나 실행에 옮기지는 못했다.

접종 3일 전 처제로부터 걸려온 전화를 받는 아내의 얼굴이 굳어지고 무언가 체념하는 듯한 표정이었다. 대장암 수술 후 항암 치료를 받고 있던 오빠가 폐렴으로 중환자실에 들어갔으며 주치의 얘기가 며칠 버티기 어려울 것이라는 내용이었다. 그대로 잘못된다면 장례식에도 참석해야 할 것이니 이참에 접종 예약을 취소하기로 했다. 접종 예약 일이었던 6월 7일, 처남은 가족의 배웅도 없이 중환자실에서 하늘나라로 떠났다.

다음날 기차를 타고 서울로 올라가 처남 장례식장에 갔다. 나이는 나보다 2살 아래지만 더 어른스럽고, 의사로서 환자를 진료할 때가 가장 행복하다는 사람이었다. 나도 수차례 비염, 중이염 치료를 받으러 갔었다. 만날 때마다 내 손을 두 손으로 꼭 잡고 함박웃음을 지으면서 반겨 주었다. 암 진단을 받기 전 처남의 진료실에서 아내, 처제와 함께한 짧은 만남이 마지막이 될 줄이야. 영정사진을 바라보고 또 바라보았다. 눈물이 났다. 발인에도 참석하고 장지에도 따라가고 해야 하는데, 불면증 때문에 하룻밤을 낯선 곳에서 보낼 자신이 없어 아쉬움을 뒤로 하고 집으로 돌아왔다. 아직 백신을 맞지 않은 터라 감염이 우려되기도 하였다. 그럼에도 불구하고, 내가 이기적이고 나약한 사람이라는 생각을 지울 수가 없었고, 기차를 타고 내려오는 내내 처남에 대한 죄책감으로 마음이 편치 않았다.

장례식에서 돌아와 하룻밤을 자고 나니 취소한 백신이 좀 아까운 생각이 들었다. 취소하기 전에는 부작용이 크게 보였는데 취소하고 나니 앞으로 받게 될 활동의 제약이 크게 보였다. 주위의 지인들도 모두 맞는 분위기라서 안 맞으면 따돌림받지는 않을까 하는 생각도 들었다. 백신 맞았는데 별문제가 없다느니, 조금 열이 나고 통증이 있었으나 얼마 안 있어 괜찮아졌다느니, 친구들과의 카톡 방에 접종

후기들이 시시각각 올라오고 있었다. 부러웠다. 예약이 취소된 백신이 있으면 당일 병원을 방문하여 접종을 받을 수 있다는 잔여 백신 생각이 문득 떠올라 접종을 취소했던 병원에 전화를 걸었다.

"혹시 잔여 백신이 있나요?"

"네, 2시간 이내에 병원에 오실 수 있나요?"

식탁에서 내 전화 소리를 듣고 있던 아내를 힐끗 쳐다보니 맞으라는 신호를 보낸다. 얼떨결에 맞으러 가겠다 하고 말았다. 전화를 끊고 나니 부작용에 대한 두려움이 몰려왔다. 간밤에 잠도 제대로 못 잔 터라 머리가 무겁고 몸도 나른하다. 가야 하나 말아야 하나 한참을 망설였다. 잠시 후 소파에서 몸을 일으켜 주섬주섬 옷을 걸쳐 입고 병원으로 향했다.

병원은 도보로 5분 거리이다. 발걸음이 무겁다. 백신 맞으면 열이 난다고 해서 병원 아래층에 있는 약국에 들러 해열제로 타이레놀을 구입한 다음 위층으로 올라갔다. 병원에 들어서니 이미 몇 사람이 대기하고 있었다. 간호사가 건네준 설문지를 읽어보니, 현재 몸 상태는 어떤지, 열이 있는지, 약물 알레르기가 있는지 등을 물어보는 내용이다. 사실 몸 상태는 좋지 않았으나 백신을 맞겠다고 왔으니 문제없다고 답을 해야 했고, 맨 밑의 서명란에 사인 해서 간호사에게 주었다.

잠시 후, 진료실로 들어오라는 소리가 들렸다. 의사에게 내가 현재 불면증 치료제인 신경안정제와 크론병 치료제 펜타사를 복용하고 있다는 얘기를 했다. 그런 사람은 백신 접종을 미루는 게 좋겠다는 의사의 답변을 나는 은근히 기다리고 있었다. 의사에게서 어떤 말이 나오기도 전에 이미 약물은 내 팔뚝으로 들어갔다. 순식간에 벌어진 일이다. 복용 중인 약을 계속 먹어도 되냐고 물었더니 괜찮단다. 이렇게 해서 아스트라제네카 백신 내 수억 개의 바이러스는 내 몸속 전체로 퍼져 나가기 시작했다. 진료실을 나와서 하라는 대로 15분쯤 대기하였는데 특별한 부작용은 없었다. 2장짜리 백신 접종 후 대처요령에 관한 안내문을 받아 쥐고 집으로 돌아왔다. 홀가분하다. 별문제 없어야 할 텐데.

주사 맞은 지 반나절이 지났다. 주사 맞은 자리가 약간 부은 것 말고는 열도 없고 몸이 더 힘들다는 느낌도 없었다. 밤에 자는 동안 열이 날지도 모르니 타이레놀을 미리 먹어 두어야겠다고 생각했다. 타이레놀은 부작용이 거의 없는 약으로 알려져 있다. 무심코 타이레놀 캅셀에 적혀 있는 부작용을 읽어보는데 삼환계 항우울제를 복용하고 있는 사람은 이 약을 먹지 말라고 적혀 있다. 내가 복용하고 있는 신경안정제와 관련이 있는 것이 아닌지 궁금해 복용하고 있는 3가지 신경안정제 약물을 조사해보니 그중의 하나가 삼환계 항우울제이었다. 그런데, 무슨 생각에서인지 타이레놀 한 알을 꿀꺽 삼켰다. 다행히 간밤에 아무 일도 일어나지 않았다.

정신을 잃고 쓰러지다

　백신 접종 후 당분간은 몸에 무리가 가지 않게 하라는 지침에 따라 그동안 해왔던 걷기 운동을 잠시 중단했다가 3일째 되는 날부터 다시 시작했다. 신경안정제를 복용하기 시작한 지도 어언 2달이 되어간다. 그 약은 중독성이 있어서 원칙적으로 한 달까지만 처방해 준다고 하였다. 그러나 이후에도 잠을 제대로 못 잔다고 하면 부작용을 감수하고라도 환자의 요청에 따라 계속 처방해 주는 것으로 알고 있다. 이제 아주 약물 중독자가 되는 게 아닌지 두려웠고 내 신세가 처량했다. 그래도 약을 안 먹으면 한숨도 잘 수 없으니 어쩌겠는가? 우선 살고 봐야지.

　걷기는 오랫동안 해왔던 운동이다. 30대 때에는 아침마다 조깅을 했다. 그러다가 어느 때부터인가 조깅에서 걷기로 전환했다. 비가 오는 날에도 우산을 쓰고 걸었다. 요즈음은 몸이 아픈 중에도 기를 쓰고 걷는다. 걸어야 살 수 있다는 강박관념이 있는지 모르겠다. 건강을 유지하기 위해서는 '잘 먹고, 잘 내보내고, 잘 자야 한다'는 것을 철저히 믿고 있는 사람이다. 그런데 지금은 잘 자는 게 안 된다. 그렇다 보니 식욕도 떨어지고 내보내는 것도 삐거덕거린다. 신경안정제를 먹고 자면 깨어나서도 정신이 몽롱하고, 아침을 먹고 소파에 앉아 있으면 시간이 빠르게 지나간다.

요즈음은 더위를 피해 저녁 식사 후에 아파트 단지를 도는 걷기를 하고 있다. 한 바퀴 도는 데 10분이 걸린다. 물병을 하나 들고 6바퀴를 돈다. 놀이터에서 놀고 있는 아이들을 만나고, 아파트 관리소장도 자주 만난다. 관리소장은 참 부지런하고 인사성 밝은 여자이다. 걷기 운동하는 사람들도 제법 만난다. 어떤 여자는 엄청 빨리 걷는다. 그 여자 뒤를 열심히 쫓아 걸어 보았다. 거의 뛰다시피 걸었다. 헐레벌떡 6바퀴 다 돌고 나니, 해냈다는 성취감은 잠깐이고 이내 이건 아니라는 생각이 들었다. 이건 운동이 아니라 독이다.

오늘은 아내의 코로나 1차 백신 접종 일이다. 내가 아스트라제네카 백신을 접종한 지 27일이 지났다. 아내는 화이자 백신을 맞기로 되어 있어서 동네 병원이 아니고 아산 종합운동장에 설치된 접종센터로 함께 갔다. 화이자 백신은 보관 온도가 낮아 일반 병원에서는 취급이 어렵단다. 그녀는 약물 알레르기가 있다. 전에 감기약을 지어 먹었는데 온몸에 두드러기가 나서 고생을 한 적이 있다. 알레르기 반응이 있는 사람은 백신 접종 후 부작용이 상대적으로 높다고 알려진 터라 긴장을 많이 했다. 주사를 맞은 후 일반 사람들은 15분 정도, 부작용 위험이 있는 사람들은 30분 정도 기다려 아나필락시스(과민성 알레르기 반응에 의한 호흡곤란 실신) 여부를 확인한 다음에 귀가하게 되어 있다. 우리는 30분 동안 기다리는 지역으로 가서 의자에 앉았다. 다행히도 아무 일이 없었고 귀가 후에도 별다른 문제점이 없어 보였다. 저녁 식사 후 가볍게 천천히 아파트를 한 바퀴를 돌면서 서로 무사하게 백신 접종을 마친 것을 축하해 주었다. 걸으면서 약간 왼쪽 발뒤꿈치가 땅기는 느낌을 받았으나 대수롭지 않게 생각했고, 집에 들어와 샤워하고 평소처럼 잠자리에 들었다.

50대 중반에 들어서부터 밤에 한두 차례 깨서 화장실 가는 버릇이 생겼다. 요즈음도 그 버릇은 지속이 되고 있는데, 나이가 들어서 그러려니 하고 지내고 있다. 오늘도 밤 한 시경 잠에서 깼다. 그런데, 다른 날과 달리 머리가 좀 심하게 아팠다. 요의를 참을 수 없어 일어나 예전처럼 방 밖으로 걸어나가 식탁에 있는 물을 조금 마시고 거실을 지나 화장실 쪽으로 걸음을 옮기는데, 갑자기 꽝 부딪치는 소리와 함께 넘어진 느낌을 받았고 어딘가 아팠다. 몸을 일으켜 화장실까지 가서 소변 본 것까지는 알겠는데, 그다음에 내가 거실에 넘어져 있었고, 왜 그러냐고 다급하게 묻는 아내의 음성이 들렸다.

정신이 들면서 오른쪽 팔 윗부분에 심한 통증을 느꼈다. 손으로 만져보니 좀 부은 것 같았다. 어떻게 넘어진지 모르니 분명 정신을 잃고 쓰러진 것이다. 머리를 다쳤는지도 모르겠다는 생각에 날이 밝을 때까지 기다리지 않고 카카오 택시를 불러 타고 전에 갔었던 대학병원 응급실로 향했다. 가는 도중 팔의 통증이 더 심해지고 붓기도 심해졌다. 도대체 무슨 일이 일어난 거지? 왜 자꾸 안 좋은 일이 일어나지? 어떻게 해야 하나? 차 타고 가는 동안 머릿속이 복잡했다. 머리를 손으로 만져보았는데 아픈 데는 없다.

이미 익숙해진 응급실 입원 절차를 마치고 응급실 침대에 누웠다. 팔에 주사기를 꽂아 수액 병 달고, 혈압 재고, 심전도 검사하고 나니 여자 의사가 와서 아내에게 어떻게 된 일인지 묻는다. 잠결에 밖에서 쿵 소리가 난 것 같아 나와 보니 남편이 화장실에서 막 걸어 나오고 있더란다. 그런데, 걸음걸이가 휘청거리고 몸이 위아래로 흔들거려, 이 사람이 왜 이러나 하는 찰나 갑자기 앞으로 고꾸라졌다고 한다. 넘어지기 전에 부축하지 못한 게 참 후회스럽다는 얘기를 나중에 들었다. 의사는 나에게 머리를 부딪치지는 않았는지 물어보았다. 기억나지 않는다고 대답했다. 머리를 이리저리 만져보면서 여러 가지 물어보았고 대답을 잘 했는지 그 의사는 떠났고, 잠시 후 젊은 남자 의사가 왔다.

그는 팔을 잠시 살펴보았다. 얼마나 부었는지 보는 것 같았다. 바로, 엑스레이 실로 이동하여 사진을 찍고 돌아왔다. 어깨 관절 바로 밑에서 팔이 부러졌고, 수술해야 한다고 했다. 팔을 붕대로 감고 팔걸이를 해주었다. 팔걸이에는 손이 배에 닿지 못하도록 직육면체의 상자가 부착되어 있어 여간 불편하지가 않았다. 수술 담당 교수님이 학회 관계로 출장 중이라서 3~4일 기다려야 한다고 한다. 팔의 통증은 점점 심해지고 있는데 그렇게 오랫동안 기다려야 한다니 황당했다. 어떻게 좀 빨리 수술받을 수는 없냐고 했더니, 그러면 지역 내 수술이 가능한 일반 정형외과를 알아봐 주겠다고 했다.

전신마취 상태에서 수술해야 한다는데 나는 아직 전신마취를 해본 적이 없다. 전신마취에 대한 두려움도 있고, 일반 병원보다는 대학병원에서 해야 수술이 잘될 것 같은 생각이 들어 잠시 생각할 수 있는 시간을 달라고 했고, 의사는 그러마 하면서 떠났다. 이때가 새벽 5시였으니 응급실에 온 지 벌써 3시간이 지났다.

아내가 서울 사는 아들에게 의견을 들어보자고 하며 아직 자고 있을 텐데 전화를 걸었다. 자초지종을 설명하는 소리가 들렸다. 아들이 근무하고 있는 서울 소재 B 대학병원의 정형외과 의사에게 수술할 수 있는지 물어보고 연락해 주겠다고 한단다. 그때, 자리를 떠났던 의사가 돌아와서 어떻게 할 거냐고 물었고, 조금만 기다려 달라고 했다. 의사는 시간이 없으니 빨리 알려 달라고 재촉하고, 전화는 안 오고 한동안 어색한 시간이 흘렀다. 드디어, 아들에게서 서울로 올라오라는 연락이 왔고, 응급실을 나와 택시를 타고 집에 돌아왔다.

팔이 불편하기는 하나 걸을 수 있고, 머리가 멀쩡한 것이 천만다행이다. 아침을 간단히 먹고 서둘러 서울로 떠날 채비를 하였다. KTX 열차를 예매하고, 얼마 동안 입원을 해야 할 것 같으니 필요한 준비물을 챙겨 아내와 함께 집을 나섰다. 이제야 그녀의 얼굴을 살펴보는데 근심이 가득하고 잠을 못 잔 흔적이 역력한데 애써 웃는 모습이 안쓰럽다.

수술을 받다

오른쪽 팔을 두툼한 붕대로 감고 니은 자로 하여 움직이지 못하게 고정한 채 택시를 타고 천안아산역에 도착, 서울행 KTX에 올라탔다. 좌석에 앉고 보니 이제 폭풍의 중심에서 좀 벗어난 느낌이 들며 머리를 젖혀 등받이에 기댔다. 열차는 출발했고 이내 눈을 감았다. 자보려 해도 영 잠이 오지 않는다. 옆을 쳐다보니 아내도 눈을 감고 있었다. 서로는 아무 말이 없었다. 오늘 새벽에 쓰러진 과정을 복기해 보았다. 부분적으로는 생각이 나는데 아무리 해도 완전한 그림이 그려지질 않는다. 일시적으로 정신을 잃었음은 확실하다. 왜 그랬을까? 신경안정제의 부작용일 수도 있겠다는 생각이 들었다. 그러나 신경안정제는 이미 한 달 이상 먹고 있었는데 지금까지 아무 일이 없었다. 부작용이 있다손 치더라도 정신을 잃고 쓰러지기까지 할까? 혹시 백신 부작용? 그러나 백신을 맞은 지 4주나 되었는데.

어느덧 서울역에 도착했다. 모든 사람이 내린 다음에 내렸다. 내 앞으로 엄청나게 많은 사람이 층계 쪽으로 걸어가고 있다. 나처럼 몸이 불편한 사람은 보이지 않았다. 보이지 않는 아픔을 가지고 있는 사람들도 있겠지 하며 나를 달래 본다. 택시를 타고 B 병원에 도착했다. 이 병원은 전에 여러 차례 와 본 적이 있어서 익숙하다. 그러나 응급실은 처음이다. 아내는 밖에 남고 나만 안으로 들여 보내졌다. 침대에 눕고, 혈액 채취하고, 심전도 검사하고, 가슴 엑스레이 찍고, 팔 엑스레이도 찍었다. 팔은 아파 죽겠는데 이리저리 움직여 가며 여러 장도 찍는다.

조금 있으니 이 병원에서 비뇨의학과 의사로 근무하고 있는 아들이 나타났다. 잔뜩 겁먹은 모습으로 웅크리고 앉아 있는 아버지를 보고 어떤 생각이 들었을까? 수술받을 수 있도록 다리를 놓아준 아들이 고마웠다. 어릴 적 천식이 있어서 여러 차례 병원 데리고 다녔던 일이 엊그제 같은데 이렇게 자라서 나를 돕겠다고 나서다니. 긴장이 풀리고 따뜻한 담요에 둘러싸인 듯한 안온함을 느꼈다.

폐 엑스레이에서 뭐가 좀 보인다고 폐 CT를 찍어야 한다고 했다. CT 결과가 나오는 동안 폐활량 검사를 받았다. 플라스틱 관의 한끝에 입을 대고 크게 숨을 들여 마신 다음 힘껏 불어 보라고 한다. 숨이 차는데 "더더더" 불라고 다그친다. 그것도 한 차례가 아니고 몇 번을 반복해서 시킨다. 수술에 필요한 기준치에 못 미치나 걱정되어 물어보았다.

"좀 모자라나요?"

"아니요, 여러 번 측정해서 일관성 있는 데이터를 얻으려고요."

아, 그랬구나. 폐활량 측정이 끝나고 응급실로 돌아오니 기다리라고 한다. 한참을 기다려도 별말이 없더니 코로나 검사를 받으라고 한다. 폐 CT 사진에서 희미한 이물질이 보여 이를 판독하느라 시간이 걸렸고 다행히 수술 가능 판정이 났다는 이야기를 나중에 들었다.

응급실 옆에 차려져 있는 코로나 선별진료소로 이동하는데 어느새 아내가 나타나서 자기도 코로나 검사받으러 간단다. 입원을 위해서는 환자, 보호자 모두 코로나 검사를 통과하여야 한다고 하였다. 코로나 검사를 받고 어느 방으로 이동했는데 이미 몇 명의 환자들이 있었고 구석진 곳의 침대 하나를 배정받았다. 그곳은 정식 입원실이 아니고 코로나 검사결과가 나올 때까지 대기하는 장소라고 하였다. 팔에 통증이 심하다 보니 빨리 수술실로 가고 싶은 마음뿐이다.

이내 이동식 침대에 눕혀졌고 아내와 인사도 제대로 나누지 못한 채 수술실로 향했다. 이동하는 동안 눈을 감았고 침대가 멈추자 눈을 떴다. 천장에 백색 등불이 훤하게 커져 있고 주변에 제법 많은 사람이 모여 있었다. 그러나 수술 의사 선생님은 안 보인다. 아까 응급실에서 잠깐 뵈었을 때 키가 대단히 크다 생각했는데 그렇게 키가 큰 사람은 보이질 않는다. 바로 내 옆의 마취 담당으로 보이는 여자 의사가 수술 동의서에 서명하라고 해서 보지도 않고 서명했다. 이어서 수술에 관해 설명했던 것 같은데 다른 것은 다 잊어버렸고 수술 후 통증이 심할 때마다 마약 진통제를 자동으로 주입하는 단추를 누르라는 기억이 생생하다.

"이제 마취 시작됩니다."

차분하고 부드러운 의사의 음성이 들리고 팔에 주삿바늘이 들어가는 따끔함이 있고 난 뒤 1분도 채 지나지 않았다고 생각했는데 벌써 수술실 들어가기 전 머물렀던 대기실로 돌아와 있었다. 목이 답답하고 기관지에 가래가 가득한 느낌이었다. 눈을 떠보니 아들이 걱정스러운 눈으로 입 주위 가래를 닦아주었다. 10여 차례 가래를 뱉고 나니 목이 좀 트이는 것 같았다. 고개를 두리번거렸는데 아내가 안 보인다. 병원에서 간병 책임지는 서비스가 있어서 어머니는 집에 가시라고 했단다. 수술 끝날 때까지 기다리면 당일 집 도착이 어려울 것이라는 이야기도 덧붙였다. 아내도 적은 나이가 아니고 건강이 좋은 편이 아니다 보니 아들 처지에서 아버지와 어머니를 함께 보살피는 묘안을 찾아낸 것이다. 그래도, 섭섭했다. 그녀가 보고 싶었다.

그 사이 코로나 음성 판정이 나왔고 입원실로 이동하였다. 수술 전과 비교하여 팔의 통증이 많이 줄어들었다. 진통제 덕분이겠지. 병원에서 호흡 연습기, 테니스공과 비슷한 주황색 공, 1 리터 들이 소변 통을 주었다. 호흡 연습기에는 지름 2.5 cm, 높이 12cm의 투명 플라스틱관 3개가 나란히 붙어 있다. 각 관에 빨강, 노랑, 파랑의 플라스틱 볼이 하나씩 들어있고 왼쪽 첫 번째 관 밑에 마우스피스가 달린 튜브가 연결되어 있다. 마우스피스를 입에 물고 플라스틱 관 안으로 숨을 내쉰 다음 힘껏 들여 마시면 볼들이 떠오르도록 설계되어 있다. 들이마시는 힘의 세기에 따라 떠오르는 볼의 개수가 달라진다. 여러 차례 시도해 보았지만 2개까지밖에 떠올리지 못했다. 수술 후 쪼그라든 폐를 원상태로 회복시키기 위해서 이 호흡 연습이 필요하다고 하였다. 주황색 공을 수술한 팔 쪽의 손바닥에 놓고 쥐었다, 폈다 반복하라고 하였다. 소변 통을 왜 주었는지 궁금해 간호사에게 물어보니 밤에 자다가 마려우면 거기에 해결하란다. 밤에 화장실 가다가 쓰러져 팔이 부러졌다 하니 또 쓰러지면 어쩌나 해서 내린 특별 조치로 보인다.

병상 일기

입원실에 들어와 첫날밤을 맞았다. 팔이 부러진 지 20시간이 지난 밤 9시다. 간호사가 와서 혈압, 체온 재고, 주사 놓고, 잠 잘 자게 하는 약이라고 한 알 놓고 간다. 통증이 심하면 마약 진통제 들어가는 단추를 누르라는 얘기도 덧붙였다. 수술한 팔은 꼼짝 못하게 묶여 있고 다른 팔에는 수액이 들어가는 튜브가 연결되어 있다 보니 자리에 가까스로 누웠으나 답답하기 이루 말할 수 없다. 눈을 감았으나 피곤했을 텐데도 불구하고 머리는 오히려 초롱초롱해지는 느낌이 들면서 뜬눈으로 밤을 새우는 것은 아닐지 두려웠다. 진통제 덕분인지 수술 부위 통증은 그다지 심하지 않다.

꿈을 꾼 것이 생각나는 것을 보니 어느새 잠이 들었나 보다. 목, 등에 땀이 흥건하고 머리도 아팠고 비몽사몽 간에 소변 통을 찾았다. 팔을 제대로 못 움직이는 상태에서 옷을 내리고 그 조그만 통 안으로 소변을 흘려 넣는 게 여간 조심스럽지가 않다. 간호사를 부르기도 민망하고 해서 혼자 끙끙거리며 시간은 걸렸지만, 실수 없이 해냈다. 조금 눈을 붙였나 싶었는데 간호사가 들어와 혈압, 온도 재고, 주사 놓으면서 한마디 한다.

"왜 머리를 그렇게 떠세요?"

땀이 많이 난 것은 알겠는데 머리를 떨고 있다니 가슴이 철렁 내려앉는다. 시계를 보니 아침 5시다. 얼굴에 난 땀이라도 우선 씻어야겠다. 수술한 오른팔은 전혀 쓸 수가 없으니, 주삿바늘이 꽂혀 있는 왼쪽 팔의 손으로 주사액 병 거치대를 조심스레 밀면서 화장실 쪽으로 움직이는데 어찔어찔하다. 얼굴, 목에 흥건한 땀을 씻어 내고 물로 입안도 부시고 거울을 한번 보는데 낯선 사람이 서 있다. 찬찬히 들여다보니 나인 건 맞는데 왜 그리도 늙고 초라한지.

아침 식사가 나왔다. 왼손으로 수저질하기 힘들고 젓가락질은 더 힘들다. 왼손을 써 보기는 정말 오랜만이다. 40여 년 전 직장 동료의 소개로 아내를 처음 만났을 때 내가 왼손으로 글씨 쓰는 모습이 그녀에게 색다른 매력으로 받아들여졌다는 얘기를 나중에 들었다.

만나기 며칠 전 선술집에서 대학 선배하고 막걸리 마시다가 실수로 뜨거운 난로를 오른손으로 짚는 바람에 오른손에 붕대를 감은 채 소개팅에 나갔었다. 지금 그녀가 옆에 있다면 왼손으로 밥 먹는 나를 보면서 어떤 생각을 했을까? 어렵사리 아침 식사를 끝냈다. 속이 든든해지니 기분이 한결 좋아져 사방으로 눈을 돌리는 여유가 생겼다. 입원실에는 침대가 모두 3개인데 하나는 비어 있고 또 하나에는 나보다 나이가 좀 더 들어 보이는 남자가 침대에 앉아서 무언가 열심히 글씨를 쓰고 있다. 눈인사라도 하고 싶었는데 끝내 눈을 마주치지 못했다.

의사 선생님이 아침 회진을 오셨다. 전공의로 보이는 젊은 남자 의사와 함께.

"좀 어떠세요? 불편한 데는 없으신가요?"

"네, 괜찮습니다. 수술 전보다 팔이 훨씬 덜 아프네요."

의사는 수술이 잘되었다고 했다. 뼈가 여러 조각으로 부서져서 서로 짜 맞추어 티타늄판에 핀으로 고정했다고 하면서 6개월 정도는 지나야 정상수준에 가깝게 회복될 것이라고 했다. 어떻게 넘어졌길래 뼈가 다 부서졌는지. 골다공증이 있었나? 혈액 검사 결과 다른 건 이상이 없는데 빈혈이 있다고 하면서 이는 수술 과정에서의 출혈 때문이니 잘 먹으면 곧 나아질 거라고 했다. 아까 화장실 가다가 어찔했던 이유가 빈혈로 밝혀졌으니 다행이다.

티타늄이라는 말에 귀가 번쩍 뜨였다. 30여 년 전 정부출연연구기관에서 근무할 때 국내 저품위 티타늄자철광으로부터 티타늄을 제조하는 연구에 참여하였고, 그 연구결과가 국내 유력 일간지에 게재되기도 했었다. 티타늄은 스테인리스 스틸에 비해 가벼우면서도 열에 견디는 성질, 부식에 견디는 성질이 우수해서 항공기, 선박 소재로 사용될 뿐만 아니라 생체 적합성이 좋아서 의료용 재료로서의 용도도 기대된다고 알고 있었는데, 그 티타늄이 내 몸속에 심어졌다니 기막힌 인연이며 연구 훈장으로 오랫동안 보존하고 싶다. 나중에 의사 선생님에게서 들었는데 티타늄판을 수술로 제거할 수 있으나 많은 사람이 그냥 평생 몸속에 지니고 산다고 했다.

입원실에 혼자 있는 것보다 한 사람이라도 같이 있어서 덜 외롭다. 말을 붙여 보았는데 반응이 시큰둥하다. 내가 코를 많이 고는 바람에 잠을 설치셨나? 나처럼 팔에 주사기 바늘이 꽂혀 있지도 않고 팔다리가 불편한 것 같지도 않다. 마스크를 쓰고 있어서 표정은 모르겠으나 제발 말 걸리지 말라는 눈빛이다. 혼자 말로 알았습니다 하고 내 침대로 돌아가 드러누웠다. "나도 수다 떨고 싶어서 그런 게 아니고 아무 말도 안 하고 모른 체하고 지내기가 어색해서 그랬다

오."

조금 있으니 그 침대 쪽에서 어떤 여자하고 이야기를 나누는 소리가 들린다. 나한테는 냉정하더니 살갑게 조곤조곤 말도 잘한다. 딸이 왔나 보다. 그런데, "네, 아버님"하는 소리가 들린다. 아, 며느리였구나. 가족 면회가 금지되어 있으니 며느리가 병원에 근무하는 직원인가 보다. 내 아들처럼. 내 귀는 자꾸 그들 쪽으로 쏠렸다. 이야기가 끝나고 며느리가 가나 보다 하는데 내 쪽으로 오더니 "좀 어떠세요?" 인사를 건넨다. 따뜻함이 전해진다. 자기가 내 수술 마취 담당 의사였다고 소개하였다. 마약 진통제가 들어있는 비닐 백을 살펴보더니 "별로 안 썼네요" 하면서 팔에 통증이 있을 때마다 참지 말고 자동 주사 버튼을 눌러 주라고 했다.

"네, 선생님 감사합니다."

어떤 남자가 와서 수술 부위 소독하러 가자고 한다. 걸어갈 수도 있는데 굳이 휠체어를 타라고 하는 것을 보니 내가 넘어질까 봐 꽤 조심하는 눈치다. 어느 방문을 열고 들어가니 아침 회진 때 만났던 전공의가 기다리고 있었다. 상처 부위에 붙어 있던 가제를 떼고 소독약을 발라 주면서 퇴원해서 다음 외래 진료 올 때까지 3~4일 간격으로 동네 정형외과에서 소독을 받으라고 했다. 집 근처에 알고 있는 정형외과가 하나 있기는 한데, 수술하지도 않은 곳에서 소독만 해줄지 미심쩍어 전공의에게 물어보니 돈 버는 일인데 안 해주겠냐고 걱정하지 말란다.

수술 2일 차 하루가 저물어 간다. 잠 잘 시간이 다가오면서 오늘 밤은 또 어떻게 보낼지 걱정이다. 자다가 땀이 나 잠이 깨면 잠을 못 잘 텐데. 2달째 복용 중인 신경안정제의 내성으로 앞으로 복용량이 늘어나고 평생 약에 의지해서 지내야 할지도 모른다는 불안감이 더해졌다. 게다가 병원에서 잠자는 약이라고 한 알을 더 주었는데 그것도 분명히 신경안정제의 일종이라는 생각이 드니 그것만은 먹고 싶지 않았다. 그런데 간호사가 그 약 먹었냐고 확인을 한다. 곧 먹겠다고 하니 조금 있다 다시 온다고 하면서 나갔다.

그 약을 감추었다. 간호사가 다시 와 약이 놓여 있던 곳을 힐끔 보더니 먹은 것으로 간주하고는 마약 진통제 주입 버튼을 누르고 가버린다. 마약 진통제값은 수술비에 이미 포함이 되어 있다는 말도 덧붙였다. 이런! 나는 마약이 싫은데. 돈 때문에 그러는 게 아니라고. 왜 자기 마음대로야, 화가 치밀어 오른다. 의사도 그렇고 간호사도 그렇고 왜 마약 진통제에 집착하는지 도대체 그 이유를 알 수가 없다.

수술 4일 차 날이 밝았다. 다리가 이상하게 좀 무겁다는 생각이 든다. 가만히 살펴보니 발목, 종아리가 좀 부은 것 같다. 정강이뼈를 눌러 보니 살이 움푹 들어간다. 간호사 이야기로는 다리를 침대에 올리고 있으면 괜찮아질 거라고 하는데 아무리 기다려도 변화가 없다. 오히려 더 붓는 것 같았다. 의사에게 다리 부종에 대해 이야기했는데 큰 문제가 아닌지 별다른 조치를 안 해준다. 언제 퇴원할 수 있는지 물어보니 며칠 더 있는 게 좋겠지만, 원하면 내일이라도 가능하다고 했다. 뼈가 부러진 것을 맞추어 고정해 놓았으니 이제 항생제, 소염진통제 복용하면서 기다려야 될 것이고 병원에서 기다리나 집에서 기다리나 뭐 큰 차이가 있을까 싶어 내일 퇴원시켜 달라고 했다.

수술 5일 차, 집에 가는 날이다. 그동안 의사, 간호사들의 치료와 보살핌에 감사한다. 만일 이 사람들이 없었다면 생각만 해도 끔찍하다. 왼팔의 주사기를 빼고 나니 한결 편하다. 다친 오른팔은 움직이지 못하더라도 왼팔은 자유롭게 움직일 수 있으니 얼마나 좋은지. 짐 싸고 침대에 앉아 있는데 아내가 들어왔다. 며칠 떨어져 있었을 뿐인데 그녀 얼굴을 보니 왜 그리 반가운지. 간호사들께 고맙다는 인사 하고 1층으로 내려와 퇴원 절차 밟고 아들 만나 작별 인사했다. 그동안 매일 병실에 와서 이것저것 물어보고, 생수 등 필요한 물품들 공급해주고, 아들 고마워. 팔에 꽂은 주사기를 통해 수액이 몸으로 들어가면 다리가 붓는 사람들이 있다는 아들의 의학적 조언이 퇴원을 서두르는데 한몫하였다. 2 주 후로 외래 진료 예약 잡고, 약봉지 한 보따리 들고, 집으로 향하는 발걸음이 가볍다.

아무 말도 하기 싫다

수술한 오른팔을 움직이지 못하도록 고정대를 착용한 채 퇴원했다. 팔 고정대는 팔을 니은 자 형태로 유지하기 위해 목에 거는 팔걸이와 팔이 좌우로 움직이는 것을 막기 위해 팔과 옆구리 사이에 끼우는 직육면체 상자로 구성되어 있다. 예전에 길거리에서 팔 고정대 차고 다니는 사람들 대수롭지 않게 지나쳤는데, 아직 익숙하지 않아서 그런지 아니면 7월 중순의 무더위 때문인지 불편한 정도를 넘어 짜증이 난다.

더워서 땀도 많이 나 있고 샤워한 지 일주일이나 되다 보니 몸 구석구석에서 스멀스멀 올라오는 악취로 머리가 아플 지경이다. 집에 도착하자마자 이심전심으로 아내와 함께 샤워 꼭지가 달린 화장실로 직행했다. 왼손으로 내가 할 수 있는 것은 수도꼭지를 트는 정도에 불과했다. 옷을 벗을 수도 없고 팔 고정대가 물에 닿지 않도록 샤워 꼭지를 조절할 능력도 없었다. 에라, 모르겠다. 모든 걸 아내에게 맡기자. 어릴 때 어머니에게 몸을 맡겼던 것처럼. 아내 앞에서 아이가 되었다.

아내가 정말 중요한 사람이구나. 머리로부터 등줄기로 내려 부서지는 물보라에 파묻혀 잠시 무아지경에 빠졌다. 앞으로 상당 기간 아내의 보살핌을 받아야 할 것 같다. 요즈음 티격태격 성격 차이로 이혼 들먹이는 젊은 부부들에게 한마디 하고 싶다. 나중에 늙어 병들면 배우자 말고 정성껏 보살펴 줄 사람이 누가 있겠냐고.

집을 비운 지 불과 일주일밖에 되지 않았는데 한 달은 족히 지난 느낌이다. 그 짧은 기간에 일도 많았다. 정신을 잃고 쓰러지고 팔이 부러지고 수술하고 퇴원해서 지금 오른팔에 고정대를 차고 저녁을 먹기 위해 식탁에 앉아 있다. 하루 앞을 모른다는 말이 실감 난다. 왼손으로 수저는 그런대로 다룰 수가 있겠는데 젓가락으로 반찬을 입까지 가져가는 게 만만치가 않았다. 아내의 도움으로 어렵사리 식사를 마칠 수 있었고, 수술병원에서 가져온 약, 기존에 복용하고 있던 정신과 약 모두 잘 챙겨 먹었다.

날씨가 무더워서 그런지 밥 먹는 동안 땀이 유난히 많이 났다. 수술 전에는 안 그랬던 것 같은데. 몸이 더 쇠약해진 건 아닌지 걱정거리가 하나 늘었다. 소파에 비스듬히 기대어 앉아 선풍기로 땀을 말리면서 눈을 지그시 감았는데 머릿속에서 나는 이명 소리가 보통거슬리는 게 아니다. 참을 수가 없어 자리에서 일어나 거실을 이리저리 어슬렁거리니 그 소리가 조금 줄어든 듯하였으나 계속 신경이쓰인다. 텔레비전을 켰다. 텔레비전에서 나오는 소리에 이명은 묻혔는데, 텔레비전 소리가 너무 거슬려 바로 껐다. 소파에 앉았다 일어나 걸어 다니기를 반복하며 잠자리에 드는 시간이 오기만을 기다렸다.

그렇지 않아도 밤만 되면 잠을 제대로 잘 수 있을까 노심초사해 왔는데, 오늘은 한쪽 팔에 고정대까지 차고 자야 할 처지다 보니 불안감이 배가되었다. 왼손으로 지탱하며 어렵사리 침대에 누워 잠자는자세를 잡았다. 등, 장딴지 쪽에 땀이 계속 나 아내에게 선풍기를 가져와 틀어 달라고 부탁했다. 선풍기 돌아가는 소리가 뇌 신경을 자극하는 것을 애써 무시하며 살포시 눈을 감고 잠의 신에게 두 손 모아 기도드렸다.

악조건하에서도 정신과 약물은 나의 중추신경을 마비시켜 잠에빠져들게 만들었다. 화장실 가려 두 차례 깼고 사이사이 땀 때문에 깨기를 수차례, 악몽 같은 하룻밤이 지났다. 누운 상태에서 왼손으로 흐트러진 팔 고정대를 고쳐 매고 지지대 밖에 나와 있는 오른손 손가락을 펴보는데 떨리는 느낌이 들었다. 손가락을 엄지손가락부터 하나씩 펴 보는데 모두 떨리고 힘을 주면 줄수록 떨림의 강도는 세졌다. 수술 과정에서 팔을 타고 내려오는 신경을 건드렸나 하는 의심이 들어 수술하지 않은 왼손의 손가락을 움직여 보았는데 정도는 약하지만 분명 떨림이 있다. 왜 또 이런 일이, 일순간 힘이 쭉 빠진다. 일어날 때 머리가 멍하긴 하였으나 밤이 지나갔다는 게 좋다.

아침 식사 후 컴퓨터 앞에 앉았다. 팔 고정대 때문에 오른손의 움직임이 극히 제한적이긴 하나 그동안 쌓였을 메일이 궁금해서 어렵사리 오른손을 마우스 위에 올려놓았다. 그러나 손가락이 떨려 자판을 제대로 누를 수 없었다. 여러 번의 시행착오 끝에 간신히 이메일을 열었으나 하나씩 클릭하며 확인하는 것이 어려워 포기하고 말았다. 오른손에 펜을 들고 글씨를 써보았으나 벌레처럼 그려질 뿐이다. 그나마 왼손으로는 시간이 걸리고 모양이 우습지만, 알아볼 수는 있는 글자가 만들어졌다. 왼손 손가락의 떨림마저 심해지면 어쩌나 걱정이 되며 기분이 한 계단 털썩 내려앉는다.

크게 낙담하여 컴퓨터를 물러나 책장 앞에 깔아 놓은 보료 위에 드러누웠다. 눕자마자 천장이 빙글빙글 돌기 시작한다. 눈을 감았는데 그래도 돈다. 몸을 일으키니 도는 게 없어졌다. 다시 한번 누워 봤다. 돈다. 얼른 몸을 일으켜 어슬렁거리다 우연히 옷장 문에 붙어 있는 거울을 들여다보았다. 눈동자는 풀리고, 입꼬리는 처지고, 볼이 움푹 패고, 수심에 가득 찬 몰골이 애원하듯이 나를 바라보고 있다. 갑자기 울컥하며 눈물이 났다. 화장실에 들어가 눈물을 닦고 거울을 들여다보는데 계속 눈물이 흘러내린다. 한동안 울었다.

축 처진 기분을 바꿔 보려 눈에 힘을 주고 입꼬리를 올리고 화장실을 나와 거실을 빠르게 지나 베란다로 나갔다. 되도록 아내와 마주치지 않으려고 한다. 나를 볼 때면 환한 표정을 짓곤 하나 그녀의 속마음이 편할 리 없을 것이라는 것쯤은 알고 있다. 그러다 보니 자꾸 피하게 된다. 6층 베란다에서 창문을 열고 밖을 내려다보니 소나무들이 4층 높이까지 올라와 있다. 뛰어내릴까? 소나무 가지에 걸릴 것 같다는 생각도 들었다. 구급차의 번쩍이는 불빛, 넋을 잃고 허둥대는 아내, 황급히 달려오는 두 아들, 웅성대는 구경꾼들의 얼굴이 겹쳐 보인다. 처자식들에게 쏟아질 외부의 곱지 않은 시선들에 생각이 미치자 멈칫하며 뒤로 한 발짝 물러섰다. 베란다에서 거실로 들어와 소파에 앉았다.

멍하니 앉아 있는데 큰 누나한테서 전화가 왔다. 동생이 우울증에 빠졌다는 얘기를 들었는지 일부러라도 웃으라고 하면서 곧 좋아질 테니 힘내라고 응원한다. 나는 듣기만 했다. 평소 존경하는 누나의 위로를 받았는데 기분이 나아질 기미를 보이지 않는다. 절벽에서 떨어져 사경을 헤매고 있는 사람 보고 힘을 내라니 귀에 많이 거슬렸다. 낼 힘이 없는 데 힘을 내라니 어이가 없다. 나도 예전에 병문안 가서 힘내라고 한 적이 있는데, 지금 생각해 보니 생각이 짧았다. "곧 좋아질 거야" 이런 말 참 무책임한 말치레란 생각이 든다. 일부러 한번 웃어 보았다. 별 효과가 없어 보인다. 억지웃음을 반복하다 보면 긍정적 효과가 나타날지도 모르겠으나 지금의 나에겐 하늘의 별 따기만큼이나 어려운 도전이다.

"저녁 드세요." 부엌에서 부르는 소리가 났다. 오늘 일어나서 저녁까지 한 일이라곤 컴퓨터 앞에 잠시 앉았고 전화 한번 받은 게 전부다. 종일 앉았다 일어났다 어슬렁거리길 반복했고, 베란다에 나가 창밖을 내려다보며 끔찍한 생각이나 했다.

'아무 말도 하기 싫다.'

밤이 다가오는 게 두렵다. 누가 나 좀 건져주면 좋겠다.

뇌경색 검사를 받다

심신은 만신창이가 되었지만, 생존 본능의 불꽃마저 사그라들지는 않았다. 수술받느라 잠시 중단했던 저녁 식사 후 아파트 둘레 길 걷기를 다시 시작했다. 반바지 셔츠 차림에 오른쪽에는 팔걸이를 차고 왼손에는 물병을 들고 유치원생처럼 아내 뒤를 졸졸 따라갔다. 아는 사람과 마주치지 않길 바랐던 내 기대는 어그러지고 말았다. 저 멀리서 그들이 점점 다가온다. 아파트 단지 내에서 오다가다 알게 된 60대 부부인데 유모차에 강아지를 태우고 산책을 나왔나 보다. 눈인사만 나누고 지나가고 싶었는데 어떻게 팔이 부러졌냐, 몸이 많이 야위었다, 몸조심하라는 등 나름의 위로를 건넸지만 나는 빨리 벗어나고 싶었다.

몸이 허약해진 탓으로 걸음이 느려진 건 이해하겠는데 똑바로 걷기가 어려웠다. 골반에 의식적으로 힘을 주지 않으면 눈으로 설정해 놓은 경로를 빗나가고 약간 경사진 곳에서는 발이 지면에 끌리는 느낌을 받았다. 일시적인 게 아니고 한 시간에 걸쳐 6바퀴를 도는 내내 계속되었다. 집에 들어와 샤워하고 나서 거실 내에서 다시 걸어보는데 일직선 보행에 분명한 어려움이 있었다. 한 발을 들고 평형을 유지하는 테스트도 해 보았는데 수초를 버티지 못하고 무너졌다. 가만히 두면 일이 커질 것만 같았다. 정신을 잃고 쓰러졌을 때, 부러진 팔에만 온 신경이 쏠리다 보니 머리 쪽의 손상 가능성을 살펴보질 못했었다. 혹시라도 뇌경색의 전조 증상은 아닌지, 그렇다면 이러고 있을 때가 아니지, 아내를 닦달해서 올해 들어 이미 세 차례나 들락거린 응급실을 또 찾았다.

이러다 응급실 단골손님이 되겠다는 우스갯소리에도 내 마음은 점점 타들어 갔다. 익숙해진 입원 수속에 이어 침대를 배정받았고 이내 젊은 여자 의사가 다가왔다. 응급실에서 맞이했던 이전의 의사들과는 달리 부드러운 말투와 웃는 표정에 잔뜩 움츠러든 마음이 누그러졌다. 지난번 응급실에 왔을 때, 어디가 아프냐고 물어봐 자초지종을 이야기하는데 말을 끊으며 어디가 아픈지만 말하라는 다그침을 받았던 기억이 또렷하다. 밤새며 환자를 대하다 보니 피곤해

그러겠지 하면서도 뒤끝이 오래도록 남았었다. 그런데, 이 여자 의사는 왜 이렇게 친절하고 상냥할까? 내가 자기 아버지 같다고 느껴서일까, 아니면 천성이 그럴까? 가정교육 잘 시킨 그녀의 부모가 부러웠고, 병원장에게 친절한 의사로 추천하고 싶다는 말로 고마움을 표시하였다.

나의 증상을 들어보더니 머리에 대한 MRI와 CT 검사를 해 보자고 했다. 결과가 나오는 동안에 일어나 보라고 하더니 내 표정을 이리저리 살펴보고 앞으로 한번 걸어보라고 하였다. 손을 들어 앞으로 나란히 해보라고도 하였다. 의사가 묻지도 않았는데 잠자다 땀이 나고 잠이 안 와서 정신과 약물을 복용하고 있고 귀에서 이명 소리도 들리고 한다는 이야기를 잡다하게 늘어놓았는데, 중간중간 고개를 끄덕이면서 공감을 해 주며 어디 또 아픈 데는 없냐고 물어보기까지 하였다.

팔 수술 받고 나서 손가락 떨림 증상이 생겼는데 이걸 얘기할까 말까 망설였다. 하고는 싶은데 일이 커질 것 같아 참았다. 그렇지 않아도 먹고 있는 약이 너무 많고 이 검사 저 검사 다 하고 다니느라 돈도 많이 깨졌는데 이야기하면, 또 무슨 검사해보자고 할 게 뻔하니 입을 닫았다. 손가락이 움직일 때만 떨리니 가만히 있으면 의사도 알아차릴 수가 없다. 손가락 떨림은 통증도 없고 지금 겪고 있는 여

타의 증상에 비해 덜 불편하다 보니 위험성을 간과하고 있는지 모르겠다.

코로나 백신 부작용이 입증되면 국가로부터 보상을 받는다는데 그동안 겨를이 없어 신고할 생각을 못 하고 있었다. 화장실 가다가 정신을 잃고 쓰러진 일이 아스트라제네카 백신 접종 4주 되는 시점이므로 백신 부작용과 연관이 있을 수도 있겠다는 생각을 이따금 해오던 차였다. 의사에게 넌지시 부작용 신고에 대해 운을 떼어 보았는데 내가 보건소에 전화해서 직접 할 수 있다고 한다. 뇌 검사결과가 나왔다는 전갈을 받고 의사는 바로 자리를 떴고, 10여 분쯤 지나 돌아와 뇌혈관에는 이상이 없다고 했다. 지금 괜찮다고 해서 앞으로도 괜찮다는 것은 아니니 언제라도 이상이 있으면 다시 오라는 말과 함께 수액이 다 들어갈 때까지 누어서 쉬었다 가라고 한다. 아수라장 같은 응급실에서 쉬고 있을 형편이 못되었다. 간호사에게 수액 줄을 제거해 달라고 부탁했다.

요즈음 쓸데없는 걱정을 너무 한다는 것을 알면서도 헤어나질 못하니 답답하기만 하다. 검사결과가 괜찮다고 나왔으니 쓸데없는 걱정이라고 쉽게 말하는 거지, 의심 증상이 있는데 걱정을 안 하는 사람이 있을까? 거동을 못 하게 되어 가족들에게 짐이 되면 어떻게 하나 하고 잔뜩 겁을 먹고 있었는데 그건 아니라 하니 천만다행이다.

보건소에 전화를 걸어 백신 부작용 신고를 하겠다고 하니 담당자를 바꿔 주었으며 그녀에게 백신 접종 4주 후 정신을 잃고 쓰러져 응급실에 갔었다는 이야기를 하니, 내가 신고하는 게 아니고 응급실 담당 의사가 신고해야 한다고 한다. 그 의사는 내가 신고하면 된다고 했는데 어쩌나? 그 의사 이름도 모르는데.

결국, 신고를 포기했다. 정신을 잃고 쓰러지는 원인이 한둘이 아닐 텐데 백신 부작용으로 신고해 달라고 하는 게 설득력이 있을까? 라는 의심이 들었다. 발열, 인후통, 기침 등 가벼운 증상은 온라인으로도 간단히 신고할 수 있으나, 내 경우에는 의료진의 협조 없이는 신고가 불가능하였다. 눈코 뜰 새 없이 바쁜 응급실 의사에게 백신 부작용 신고를 부탁하는 일이 말처럼 쉽지 않았다. 신고절차가 까다로워 나처럼 신고를 못 한 사람이 상당수에 이를 것으로 생각된다. 보상은 까다롭게 하더라도 신고만큼은 쉽게 해서 부작용 사례를 되도록 많이 발굴하여 추후 연구 자료로 활용하면 좋을 텐데, 보석 같은 데이터들이 묻혀버리는 것 같아 아쉬웠다. 심각한 부작용 사례가 너무 많이 알려지면 백신 접종률이 떨어질 것을 염려한 정치적 계산이 깔린 것은 아닌지.

발가락이 시커멓게 보인다

뇌경색 검사 다음 날에도 아파트 둘레 길 걷기는 계속되었다. 시간을 점심 이후로 바꾸었는데 그 이유는 7월 중순의 뙤약볕에 돌아다니는 사람이 별로 없으리라는 생각에서였다. 아는 사람과 또 만날까 봐 두려웠다. 초라한 내 모습을 보여주는 것, 그동안 일어난 일들을 설명하는 것, 위로되지 않는 위로의 말을 듣는 것이 싫었다. 걷기가 불편한 건 마찬가지나 심각한 상황으로 번지지 않으리라는 것을 의학적으로 확인해서인지 한결 가벼워진 마음으로 아파트 돌기를 시작하였는데, 초입에서 걸음걸이가 나보다 불편해 보이는 중년 남자와 마주쳤다. 바닥을 내려다보며 온 힘을 다해 한쪽 발을 앞으로 끌어당기고 있었다. 참 안 되었다는 동정심이 나에 대한 위로로 되돌아오는 한편, 남의 불행을 즐기는 것 같아 죄스러운 마음이 들었다. 그도 아는 사람 만나는 것을 피해 뜨거운 낮에 나왔을 텐데 나를 만나 마음 상하지 않았을까 걱정된다.

걷는 중에 작은 누나 전화를 받았다. 아픈 소식을 들어 알고 있다고 하면서 몸이 좀 어떠냐고 묻는다. 큰 문제 없으니 걱정하지 말라 하면서, 잠을 못 자 정신과 약을 먹고 있다고 하니 자기도 '로라반'이라는 항불안제를 먹고 있다고 한다. 그 약은 내가 지금 복용하고 있는 3가지 정신과 약 중 하나라서 눈이 번쩍 뜨였다. 언제부터 복용하고 있냐고 물었더니 10년 째라고 한다. 자기 전에 그거 한 알 먹으면 잠이 잘 온다 하면서 최근에 친구에게도 소개해 주었다고 자랑한다. 로라반은 장기 복용 시 내성과 의존성이 생긴다는 이야기를 담당 의사로부터 듣고 내심 걱정하고 있었는데, 그렇게나 오랫동안 복용해도 여든까지 멀쩡하다니 머리를 짓누르고 있던 돌덩어리가 떨어져 나가는 느낌이다.

오늘의 아파트 둘레 길 걷기는 성공적이었다. 아는 사람 하나 만나지 않았을뿐더러 나보다 걸음걸이가 불편한 사람 만나 위로받았고, 로라반을 10년 동안 장기 복용해도 멀쩡하다는 산 증언을 들었다. 집에 들어와 샤워하고 난 지금 근래 보기 드물게 기분이 좋다. 기분상 그런지 몰라도 거실을 왔다 갔다 하는 걸음걸이도 덜 휘청거렸다.

　서산으로 해가 뉘엿뉘엿 넘어가는 시점이라 실내도 어둑어둑해지고 있었다. 거실 바닥에 앉아 소파에 기대에 발을 앞으로 쭉 뻗고 있었다. 우연히 발 쪽으로 시선이 돌아가는 찰나 소스라치게 놀랐다. 양쪽 발가락들이 모두 시커멓다. 가슴이 철렁 내려앉고 식은땀이 났다. 어찌할 바를 모르고 들여다보다 벌떡 일어나 불을 켜니 시커먼 게 사라졌다. 이제 헛것까지 보이나? 잠시 부풀었던 희망은 산산조각이 났다. 저녁을 먹는 둥 마는 둥 잠자리에 들 때까지 머리가 온갖 부정적 생각들로 짓눌려 바스라 질 것만 같았다. 침실 불을 끄고 자리에 누워 눈을 감기 전, 발을 올리고 고개를 들어 발가락을 쳐다보았는데 캄캄해서 그런지 색깔 구별이 안 되었다. 여름인데도 발이 시려 이불로 발을 감쌌다.

　발 쪽의 혈액 순환에 문제가 생겼나 하는 생각이 들었다. 당뇨병으로 혈액 순환 장애가 생기면 발가락이 시커멓게 썩어 절단해야 한다는 얘기를 들은 적이 있다. 혈액 순환에 문제가 있는 게 아니고 뇌신경 장애에 의한 일시적 환각 작용이 아닐까 하는 생각도 들었다. 생각이 꼬리를 물고 바람개비처럼 돌아간다.

정신과 약을 복용하자 생각의 바람개비는 멈추었고 잠으로 빠져들었다. 땀에 범벅이 되어 몇 차례 깨다 자다 했고, 날이 새는 듯해 몸을 일으키다가 발가락 생각나서 쳐다보니 시커멓다. 깜짝 놀라 불을 켜고 다시 보니 괜찮다. 이런 곡할 노릇이 있나. 정신없이 택시를 불러 아내를 대동하고 내 단골 응급실로 향했다. 차 안에서 아내는 응급실 갈 일이 아니니 다시 한번 생각해 보라고 채근한다. 정신 차려 생각해 보니 아내의 말에 일리가 있어 보였다. 헛것이 보인다고 금방 죽는 것도 아니겠다 싶어 마음이 흔들렸고 잠시 머릿속에서 정반대의 생각이 수차례 엎치락뒤치락했다. 마침내,

"아저씨, 죄송한데 차 돌려주세요."

운전사는 백미러로 나를 힐끗 쳐다보더니,

"알겠습니다."

한바탕 소동은 일단락이 났다. 아침을 먹고 소파에 앉아 발가락을 쳐다보는 데 시커먼 거 없다. 발가락을 손으로 눌러 보니 별 통증은 없는데 차갑고 백지장 같다. 발가락 말초혈관 순환에 문제가 생겼고 내버려 두면 시커멓게 썩게 되는 건 아닐지 불안했다. 어떤 일에 집중하다 보면 이런 불안감이 사라질 텐데 집중이 안 되니 미칠 노릇이다. 도저히 가만히 있기가 어려워 옷을 주섬주섬 입고 집 근처 내과의원을 찾아 발가락 혈관 순환 검사해 볼 수 있는지 물어보

았다. 그런 건 큰 병원에 가 보아야 한다면서 진료실 들어오기 전 수행된 혈압 측정 검사에서 심장 박동 수가 95로 나왔다고 했다. 정상 범위는 60에서 100이나 100에 가까운 수치가 나온 것은 가볍게 볼 일이 아니라고 하였다. 얼마 전에 심장 초음파, 운동부하검사 결과 정상이었다고 하니 숨어 있는 심장 질환이 있을 수 있다고 한다. '숨어 있는 심장 질환'? 목발 짚고 일어서다 걷어차인 느낌이다. 일전에 묘지를 알아보는 등 죽음의 준비를 시작한 이래로 내 몸 상태가 브레이크 고장 난 자동차처럼 내리막으로 치달리기만 하니 생과 사의 갈림길이 정말 얼마 남지 않아 보였다.

오랜만에 컴퓨터 앞에 앉았다. 손가락 떨림이 시작되었던 날 가까스로 마우스를 움직여 메일을 확인한 이후 처음이다. 떨림이 덜한 왼손 손가락을 사용하여 통장 잔고 화면을 열었다. 통장들의 잔고를 합산해본 다음 아내를 불렀다. 뜻밖의 부름에 이내 달려와 '뭐야, 빨리 말해 봐'라는 눈빛을 보낸다. 요즈음 거의 말을 안 하고 지내던 터라 반가웠나 보다. 죽을 때까지 숨기고 싶었던 비자금을 털어놓았다. 웬일이지, 어리둥절한 표정을 지으면서 생각보다 많다고 웃는다. 그중 일부를 아내 통장으로 이체하겠다고 했다. 그러나 내 계좌 비밀번호는 알려주지 않았다. 그 번호는 조금 더 붙잡고 있고 싶었다.

아내가 나간 후 워드 창을 열고 유서를 쓰기 시작했다. 손가락 떨림이 더 심해지면 자판조차 찍기 어려울 것 같다는 생각이 들어서였다. 아내에 대한 고마움, 그리움으로 시작해서 아들, 며느리, 손녀, 손자에 대한 당부를 적었고, 죽으면 화장해서 묻어 달라는 부탁도 했다. 고치기를 여러 차례 드디어 한 페이지의 유서가 완성되어 A4 용지에 인쇄되었다. 손 글씨로 서명해 보려고 연습하다가 포기했다. 손가락 떨림이 나아지면 다시 시도해 보기로 하고 보물찾기 쪽지 숨기듯 발견될 만한 곳에 꼭꼭 숨겼다.

오랜만에 어떤 일에 집중해 보았다. 유서 쓰기에 몰두하는 동안 근심 걱정이 다 사라졌다. 어느덧 해가 지고 방 안이 어두워지고 있었다. 컴퓨터를 끄고 일어나면서 시선이 발에 닿는 순간 화들짝 놀랐다. 발가락이 시커멓다, 후다닥 불을 켜니 괜찮다. 뇌 신경 회로에 문제가 생긴 게 분명하다.

피부에 붉은 볼펜 자국이

　정신을 잃고 쓰러지고 팔이 부러져 수술하는 숨 가빴던 순간들이 태풍처럼 휩쓸고 지나간 후 이제야 수술 부위를 비롯해 몸의 이곳저 곳을 살펴볼 여유가 생겼다. 어깨뼈 바로 밑에 두 개의 수술 칼자국 이 세로로 나 있었고, 그 밑으로 팔꿈치까지 퉁퉁 부은 팔 표면에 보라색 반점들이 다도해 섬처럼 널려 있다. 팔꿈치에서 손목까지도 시퍼런 멍이 들어있고 손도 눈에 띄게 부어 있다. 아마도 수술하면 서 피가 좀 많이 흘러나왔고 관련하여 손부터 팔로 올라가는 정맥 혈관들이 꽤 손상을 입었나 보다.

　거울에 비친 왼쪽 허벅지 뒤편에 쓰러지면서 입은 타박상으로 여 겨지는 손바닥 크기의 파란 멍이 보였다. 그뿐만 아니라 종아리와 몸통 피부에 붉은 볼펜 자국들이 군데군데 보인다. 이것들은 뭐지? 만져보았으나 아프지 않았고 눌러 보았으나 색깔의 변화가 없다. 또한 가지 기이한 것은 양쪽 종아리에서 국소적으로 물결치듯 미세한 경련들이 일어나고 있었고, 오른쪽 종아리 중간 부분 정강이뼈에서 3cm쯤 떨어진 곳에서 피부가 위아래로 팔딱거리는데 그 진동수가 심장 박동 수와 일치하였다. 이것은 종아리 속을 통과하고 있는 동맥 혈관의 박동이 피부 표면까지 전달된다는 뜻인데, 무슨 날벼락이지?

몇 번 망설이다가 아들에게 전화를 걸어 자초지종을 이야기하니 큰 문제는 아닌 것 같은데 동네 정형외과에 가서 한번 물어보란다. 요즈음 아들을 시도 때도 없이 괴롭혀 미안하기 그지없으나 살고자 몸부림치는 본능이다 보니 통제 불능이다. 근처 정형외과 병원 의사에게 종아리 팔딱거리는 모습을 보여주었더니 황당하다는 반응을 보이면서 자기는 이런 쪽 전공이 아니라고 단칼에 자른다.

예전에도 팔딱거리고 경련이 일어났는데 모른 채 지내고 있었는지, 아니면 이번에 새로 생긴 현상인지 도대체 알 수가 없다. 그러고 보니 수술 후 요즈음 잠자리에 드러누웠을 때 발목 쪽에서 박동이 느껴졌다. 혈관이 부분적으로 막혀 피가 좁은 길을 뚫고 지나가려다 보니 박동이 강해져 피부 표면까지 밀고 올라온 게 아닌지, 가히

탐정 수준의 상상을 해 보았다.

볼펜 자국 반점의 정체가 궁금해서 여기저기 인터넷 검색을 하다가 어느 외국 사이트에서 아스트라제네카 백신 후유증의 하나로 혈전에 의해 뇌, 복부 등의 혈관이 막히거나 모세혈관 출혈에 의해 피부에 작은 붉은 반점들이 생긴다는 뉴스를 접하게 되었다. 이러한 부작용은 수술 후 4일에서 42일 사이에 발생한다고 되어 있는데, 내가 아스트라제네카 백신을 맞은 지 4주 만에 쓰러졌으니 백신 부작용이 아닌가 덜컥 겁이 났다.

상황이 더 나빠지기 전에 뭔가 조치를 해야 할 것 같아 부랴부랴 팔을 수술했던 병원의 혈관외과 교수 진료 예약을 잡았다. 인터넷 검색을 계속하던 중 청와대 국민청원 게시판에 들어가게 되었는데, 코로나 백신 부작용에 대한 엄청난 양의 글이 올라와 있었다. 그중에는 혈전과 관련된 심각한 부작용 사례도 여러 건 볼 수 있었다. 직접 피해당한 가족들의 울부짖는 글을 읽다 보니, 백신을 맞아 얻게되는 이득이 백신 부작용 피해보다 훨씬 크다는 의료 전문가들의 주장이 그들에게는 잔인하다는 생각이 들었다. 백신 접종률을 높이기 위해 부작용이 소홀하게 다루어지고 있는 것은 아닌지. 어린 자식들을 둔 젊은 가장이 식물인간이 되었는데 백신 부작용으로 인정받지 못해 병원비도 못 내고 있다는 사연에 한동안 눈을 떼지 못했다.

혈관외과 진료 의사의 의견에 따라 다리와 복부에 걸치는 혈관 내 혈전 생성 여부를 알아보는 혈관조영검사를 받기로 하였다. 조영제를 투여하기 전, 신장 기능 검사를 받았고 이상이 없어 검사실로 옮겨졌는데, 폐까지 검사해보기로 계획이 변경되었다는 얘기를 들었다. 아마도 팔 수술 전 폐 CT 검사에서 이물질 흔적이 발견된 바 있는데 이것을 뒤늦게 확인하고 내린 조치로 보인다. 다리 혈관에 생긴 혈전이 폐로 이동하여 폐 기능을 망가뜨려 심각한 위험에 처할 수도 있다는 이야기를 나중에야 알게 되었다.

집에 돌아온 후에도 인터넷 검색은 계속되었다. 아스트라제네카/얀센 백신 접종 후 4일에서 4주 사이에 혈소판 감소성 혈전증이 발생할 수 있고 이 혈전증은 일반 혈전증과 검사지표, 발생 기전, 치료 방법이 다르며 그 차이를 표로 보여주는 질병관리본부 자료를 찾아냈다. 백신 부작용 혈전증 치료에는 일반 혈전증 치료에 많이 사용되는 헤파린을 사용하면 오히려 증상을 악화시킨다는 문구가 들어 있었다. 이 자료를 복사해 검사결과 보러 갈 때 가지고 가기로 했다. 전문 의사 선생님이라 할지라도 새로 나온 백신 부작용과 치료에 관해서는 잘 모를 수도 있겠다는 생각이 들었기 때문이다.

드디어 결과를 보러 가는 날이 왔다. 마음 졸이며 진료실에 들어서면서 의사의 눈치를 살핀다. 먼저 가지고 간 질병관리본부 자료를 내밀었다. 의사는 한번 훑어보더니 대수롭지 않다는 듯 옆에 치워놓더니, 검사결과 혈전은 발견되지 않았다고 한다. 가슴을 쓸어내린다. "휴"하는 기분도 잠시 붉은 반점과 종아리 피부에 나타난 떨림의 원인이 밝혀지지 않아 못내 아쉽다.

하루에도 수차례 몸의 이곳저곳을 살펴보는 버릇이 생겼다. 그때마다 붉은 반점, 종아리 근육 경련과 심장 박동과 같은 떨림은 계속되었다. 이 버릇이 언제 사라졌는지 모르겠다. 이 글을 쓰는 시점에 문득 생각이 나서 살펴보니 모든 게 감쪽같이 사라졌다. 우리 몸의 자연 치유 능력을 믿고 너그러운 마음을 가졌으면 좋았을 텐데, 당시에는 사소한 일에도 파멸로 빨려들어 갈 것 같은 부정적 생각의 노예로 살았다.

똑같은 사건이라도 사람에 따라, 같은 사람이라도 그가 처해 있는 환경에 따라, 사태의 심각성을 느끼는 정도, 처리 방향이 다를 것이다. 나 또한 평온한 상태에서 피부 반점, 종아리 떨림 등을 맞이했다면, 혈전 검사를 받는 따위의 소란을 피우지 않았을 것이다. 값비싼 수업료를 지불하긴 했으나 앞으로 닥칠 또 다른 시련에 맞서 이길 수 있는 면역 항체를 얻었다고 생각한다. 앞으로 마주할 유사한 고통과 불안에 대해 너무 민감하게 대응하지 말고 지켜볼 필요가 있다는 깨달음을 얻었다. 아는 것과 깨달음은 다르다. 깨달음을 얻기 위해서는 직접 체험해 보거나 아는 것을 반복적으로 되뇜으로써 머릿속 지식을 가슴으로 옮기는 과정이 필요하다. '사랑이 머리에서 가슴으로 내려오는 데 70년이 걸렸다'는 김수환 추기경님의 말씀은 지식으로 알고 있는 사랑이 깨달음을 통하여 습관으로 정착되는 것이 여간 어렵지 않다는 가르침이다.

치매 검사를 받다

한 달에 한 번씩 돌아오는 정신건강의학과 진료 날이다. 이전과 달리 오른팔에 팔걸이를 하고 나타나니 의사 선생님이 '무슨 일이 있었는지 빨리 말해'라는 눈빛으로 쳐다본다. 2주 전 밤에 화장실 가다가 정신을 잃고 쓰러져 팔이 부러져 수술받았다고 했더니 깜짝 놀란다. 코로나 백신 부작용인 것 같다고 말했다. 정신과 약물 부작용일 수도 있겠다 싶었으나 의사를 탓하는 것으로 들릴까 봐 참았다.

의사는 말없이 한참을 생각하더니 간호사를 불러 무슨 검사를 받게 하라고 지시하였고 나는 어느 방으로 안내되었다. 방에 들어서니 젊은 여자가 앉아서 눈빛으로 인사를 하면서 그 앞 의자에 앉으라고 한다. 그러면서 몇 가지 물어볼 테니 아는 대로 답하라고 한다.

그녀는 의사는 아니고 상담사처럼 보였다. 뭘 물어보려나 긴장이 되었다.

오늘이 몇 월 며칠이고 무슨 요일인지, 여기는 어디이고 무엇하러 왔는지 물어본다. 처음부터 나를 좀 바보 취급하는 것 같아서 기분이 팩 상했다.

"2021년 7월 19일 월요일 B 병원 정신간강의학과 진료받으러 왔습니다."

"비행기, 연필, 소나무 이 세 가지 단어를 외우고 있다가 나중에 물으면 대답해 주세요"

"네, 알겠습니다."

속으로 '비행기, 연필, 소나무'를 한번 외워본다. 잘 외우고 있으라 다짐하듯 잠시 뜸을 들이더니 이어서

"100에서 7을 빼면 얼마입니까?"

"93입니다."

"93에서 7을 빼면 얼마입니까"

"86입니다."

이후 계속해서 7을 빼는 물음이 이어졌고 마침내 65에서 7을 빼면 58이라는 대답이 나오자 아까 세 가지 단어 외우라고 했는데 무엇이냐고 물어본다. 바로 대답이 안 나왔고 조금 생각한 다음

"비행기, 연필, 소나무입니다"라고 답하니 컴퓨터에 뭐라고 적었다. 이어서 우울하냐, 매일 우울하냐, 우울한 정도가 어떠냐 등 우울증과 관련된 주관식 질문이 이어졌다. '우울하지 않다'를 0, '죽고 싶은 생각이 날 정도로 우울하다'를 10이라고 했을 때 나의 우울감 정도를 숫자로 얘기해 보라고 하는데 참 애매했다. 중간 정도의 숫자를 말했던 것 같은데 정확히 기억나지 않는다. 이후에도 몇 가지 질문이 이어졌고 마침내 검사가 완료되었으니 밖에 나가서 기다리라고 했다.

왜 이런 검사를 하지? 오늘 의사 앞에서의 내 행동이 좀 기이했나? 의사는 분명히 치매 검사라는 말을 언급하지 않았는데, 내가 아는 상식으로는 이거 치매 선별 검사가 맞다. 치매 검사에 더하여 우울증 검사까지 한 거다. 아버지, 어머니 모두 말년에 치매로 고생하시다 돌아가신 나로선 치매에 예민할 수밖에 없다.

아버지는 86세에 돌아가셨는데 80세 이후부터 치매 증상이 나타났다. 새벽에 아파트 문을 열고 나간 후 집을 못 찾아서 경찰서에서 수차례 연락이 왔다. 치매 증상 초기에 아버지에게 당신 이름 써 보라고 했던 것 정말 죄송하다. 얘가 나를 뭐로 보나 대단히 불쾌했을 텐데, 그때 내가 생각이 짧았다. 같이 사는 어머니가 힘들어해 아버지를 얼마 동안 요양원에도 모셨는데 적응을 못 해 다시 돌아온 후 증세가 더 심해지셨다. 어느 날은 내가 악마로 보였는지 막대기로 때리려고 해 도망쳤던 기억이 난다.

아버지 돌아가신 후 얼마 있다가 어머니에게도 치매 증상이 찾아왔다. 돌아가시기 3년 전 우리 집에 1년 동안 와 계셨는데 돈이 없어 졌다고 옷장에 있는 옷들을 죄다 꺼내어 놓고 돈이 안 보인다며 안절부절못하시다 내가 들어가니 며느리밖에는 훔쳐갈 사람이 없다고 하신다. 그러시냐고, 며느리에게 내가 물어보겠다고 해야 했는데, 아내는 그럴 사람이 아니라고 염장 지르는 말 했던 것 죄송하다. 조금 전에 했던 행동을 기억하지 못하고, 가끔 새벽에 집 밖으로 나가려 한 적은 있으나, 전체적으로 아버지보다는 증상이 심하지 않은 상태에서 생을 마감하셨다.

치매는 본인은 아무 일 없는데 가족이 고통스러운 병이다. 암은 본인이 고통스러울 뿐 가족들을 치매처럼 못살게 굴지는 않으니 나도 치매에 걸리는 것보다는 암에 걸리는 편이 좋겠다는 생각을 하고 있던 터에 이런 검사를 받게 되니 황망할 따름이다. 밤에 화장실 가다가 쓰러진 걸 치매와 관련을 짓는 것일까? 아니면 정신과 약물 복용이 치매의 유발, 진행에 미치는 영향을 알아보기 위한 것과 관련된 검사일까? 검사 이유를 설명해 주면 좋으련만. 그렇게 하면 의사의 권위가 떨어지나? 이런저런 쓸데없는 생각이 뒤엉켜 머릿속을 맴돌던 순간 진료실로 들어오라는 호출이 떨어졌다.

컴퓨터로 검사결과를 훑어보시더니 의사 선생님 왈

"기억력은 정상인데 우울증이 조금 더 심해졌네요."

그러면서 우울증약을 바꾸어 주겠다고 한다. 우울증약이 더 세졌냐고 물으니 그건 아니라고 한다. 그게 아니면 왜 바꾸나? 트리티코정이 멀타핀정으로, 로라반정이 리보트릴정으로 변경되었고 스타브론정은 그대로였다. 그리고, 리보트릴정은 매일 먹지 말고 필요시에만 복용해보라고 했다.

집에 돌아와 인터넷 검색을 해 보니 로라반정, 리보틀릴정은 둘 다 벤조디아제핀 계열의 약물로서 장기 복용 시 내성이 생기고 복용 중단 시 금단현상이 발생한다고 되어 있다. 그래서 이 계열의 약을 끊을 수 있으면 끊어보라고 했구나. 그런데 약을 바꾼 것에 대해서는 이해가 안 된다.

오늘 아침밥 먹고 약을 먹었는지, 기억이 나지 않는다. 요즈음 기억력이 떨어진 게 왠지 치매의 전조 증상이 아닌지 걱정스럽다. 부모님이 모두 치매를 앓았으니 내 머릿속에 그 유전자가 들어있을 것만 같다. 가족들 힘들게 하지 말고 최소한의 품위를 유지한 채 이승을 떠나야 할 텐데. 예기치 못했던 치매 검사에 당황했는데 '기억력 정상'이라는 성적표를 받았으니 한동안 걱정 안 해도 되겠지?

코로나 검사를 받다

팔 수술 후 퇴원 열흘 차, 외래 진료를 가니 이제 팔과 옆구리에 끼는 직육면체 상자는 제거하고 팔걸이만 하고 다녀도 좋다는 의사의 허락이 떨어졌다. 한결 편해져 아파트 밖을 벗어나 10여 분 거리의 하나로마트에 갔다 오기도 하고, 버스 타고 은행에도 다녀왔다. 아내의 화이자 백신 2차 접종에도 동행했다. 아내는 장롱 면허이고 나는 팔 때문에 운전을 못 하니 버스를 타고 아산 이순신 운동장에 마련된 백신 접종소에 도착했다.

백신 접종소에 갔다 온 지 3일째 되는 날 오후 열이 좀 있는 느낌이 들어 체온을 재보니 37.3도이다. 37.5도까지는 괜찮다고 하지만 보통 때의 내 체온보다는 분명히 높다. 날씨가 너무 더워 그럴 수도 있겠다는 생각이 들었다. 그다음 날 체온은 37.6도로 미세하나마 더 올라갔다. 코로나에 걸렸으면 어떡하지?

코로나 감염이 확진될 경우, 이전 14일 동안 방문했던 곳과 접촉한 사람을 찾아내는 역학조사를 받아야 하는 데 거짓말하면 처벌받는 다고 하니 달력을 들여다보며 기억을 더듬어 메모했다. 쓰지 않던 왼손이고 오른손가락만큼은 아니나 왼손가락도 떨림이 있는지라 그 글씨를 나만 간신히 알아볼 수 있는 정도다. 기억이 안 나는 것은 솔직하게 모르겠다고 하면 되겠지.

오늘 작은아들이 여자 친구를 인사시키러 오는 날이다. 팔도 불편 하고 열도 있고 해서 만남을 연기하는 것이 순리이겠지만, 평생 반 려자를 꿈꾸고 있는 두 사람의 앞날에 찬물을 끼얹는 것 같아 예정 대로 만나되, 식사는 하지 않고 거리를 두고 앉아 인사를 나누는 것 으로 합의했다. 아들과 여자 친구는 소파에 앉고, 나와 아내는 멀찌 감치 식탁에 앉아 모두 마스크를 쓴 채 두 곳에 따로 차려진 다과를 들며 덕담을 주고받았다. 코로나 상황이 좋아지면 밥 같이 먹자고 약속하며 한 시간여의 짧은 만남을 끝내려 하니 여간 섭섭하지가 않다. 진심을 보여주려고 애썼는데 그 마음이 통했으면 좋겠다. 밖 에서 같이 식사하라고 아들에게 용돈 조금 챙겨주었다.

아들이 돌아가고 난 후 열을 재 보니 37.7도가 나왔다. 질병관리본부의 지침에 따르면 선별진료소에 가서 코로나 검사를 받아야 하는 수치다. 일단 하루 기다려 보기로 했다. 그다음 날은 37.5도로 약간 떨어졌다. 팔 수술을 받은 지 3주밖에 지나지 않아 아직도 수술 부위가 부어 있는 거로 보아 염증 때문에 열이 나는 것 같기도 하다. 그러나 열이 나는데 코로나 검사를 받지 않았다고 나중에 문제가 되면 어떡하지?

코로나로 확진이 되면 나라에서 지정한 생활치료센터에 14일 동안 격리되어 있어야 하는데, 오른팔을 못 쓰고 밤마다 잠자는 전쟁을 치르고 있는 내가 버틸 수 있을까 불안하기 짝이 없다. 게다가, 처방받은 정신과 약이 얼마 남지 않아 도중에 떨어지게 될 터이고 그러면 잠을 전혀 못 자는데 어떻게 하지? 두려웠다. 그곳에서도 정신과 약을 처방받을 수 있는 길이 있지 않을까 하는 생각을 그 당시에는 전혀 못 했다.

오늘부터 14일 전까지의 행적을 살펴보니 팔 수술병원 외래 진료 갔다 왔고, 아내 백신 2차 접종 동행해서 선별진료소 갔다 왔고, 아들과 여자 친구 만났다. 외래 진료 간 김에 그 병원에 근무하는 큰아들도 보고 왔다. 아차, 아파트에 사는 지인의 차를 타고 인근 정형외과 병원에 수술 부위 소독하러도 갔다 왔다. 내가 확진되면 나와 접촉했던 의료진, 작은아들과 여자 친구, 차량 운전자 모두 14일 격리 들어간다. 나와 만났던 의료진은 많은 다른 환자들과 접촉했을 터이고 작은아들과 여자 친구도 각각 가르치는 학생들과 접촉했을 테니, 이 일을 어쩐다, 머리가 빠개질 것 같다.

그냥 나 혼자 뒤집어쓸까? 2주 동안 해열제, 기침약 복용하면서 버티면 된다는 이야기를 들었다. 그러다 바이러스가 폐까지 침투하여 죽음에 이를 수 있고 회복되더라도 상당 기간 호흡곤란 등 부작용에 시달린다는 이야기도 들렸다. 중증으로 병원 입원 시 열이 있는데도 코로나 검사를 안 받았다고 하면, 치료비를 전액 본인이 부담해야 하는데 그 액수가 엄청나다고 하였다. 나이도 있고, 현재의 몸 상태로는 버티는 선택은 무모하다는 생각이 들었다.

아무래도 코로나 검사를 받으러 가는 게 맞는다는 결론에 도달했다. 가기 전에 아파트 지하주차장에 세워 놓은 자동차가 걸렸다. 얼마 안 있으면 지하주차장 물청소를 할 것 같은데, 그 전에 지상으로 이동시켜야 한다. 오른팔이 자유스럽질 못하니 어떡하나 궁리를 하다가 한번 도전해보기로 하였다. 시동을 걸어 보는데 아무 반응이 없다. 보험회사에 전화 걸어 긴급 출동 서비스가 도착하여 배터리 충전을 하고 나서야 시동이 걸렸다. 오른팔이 니은 자 형태로 팔걸이에 의해 꺾여 있으니 기어는 가까스로 움직이겠는데 오른손을 올려 운전대를 잡을 수가 없었다. 겨우겨우 오른손을 핸들 밑부분에 걸쳤고, 왼손 핸들 조작을 보조하도록 하여 지하주차장으로부터 탈출에 성공하였다.

다음 날 2021년 8월 3일 71번째 생일날, 버스 타고 이순신 운동장 선별진료소 앞에 도착하였다. 한 무리의 사람들이 줄을 서서 기다리고 있었다. 선뜻 줄 뒤에 다가서질 못하고 망설였다. 이렇게 검사해서 확진되면, 나와 접촉했던 사람들 모두 자가격리 들어갈 생각하니 주춤거렸다. 급기야는 뒤로 돌아섰고 첫눈에 들어온 벤치에가 앉았다. 몸이 아프기 시작한 이래로 사소한 일에도 이럴까 저럴까 시간만 끄는 일이 잦아졌다. 반 시간을 벤치에서 고민하다 "결심했어" 하고 일어나 기다리고 있는 사람들 맨 뒤에 섰다. 팔 수술받을 때 코로나 검사를 해보아서 그런지 수월하게 검사를 마칠 수 있었다.

집에 돌아와서 생각해 보니 검사받은 게 잘한 일인지 찜찜하고 개운치가 않다. 지금껏 살아오면서 수많은 선택을 했고 그중에는 잘못된 선택도 많았다. 오늘 내린 선택이 잘못된 것이 아니길 바라며 노심초사했다. 다음 날 오전 9시 메시지 도착을 알리는 벨 소리가 울렸다.

'아산시 보건소입니다.

박균영님

8월3일 시행한 코로나19 검사(PCR)결과 [음성]

(정상, 이상없음)

[Negative, NOT DETECTED]입니다.

자가격리 통보를 받으신 분들은

자가격리 종료일까지 격리상태를 유지하셔야 합니다.'

검사받길 참 잘했다. 하늘로 날아오르는 기분이다. 열이 나는 이유는 팔 수술 상처 부위 염증일 테니 기다리면 될 것 같다.

3부

세례를 받다

뜬금없이 아내가 세례를 받으라고 한다. 그녀는 모태신앙으로 기독교 집안에서 자랐다. 나의 어머니는 불교, 아버지는 유교이고, 나는 종교를 가지고 있지 않았다. 어렸을 때 어머니를 따라 절에 몇 번가 보았고, 인근 보육원 크리스마스 행사에 친구 따라갔다가 시키는 대로 눈 감고, 아멘 하고 사탕 봉지 받아온 기억이 있다. 결혼을 결정하기 전, 아내가 두 집안의 종교가 다른 것에 대한 친정 부모님의 우려를 전달했을 때, 뭐 문제가 있을까 대수롭지 않게 생각하고 내가 잘 조정해보겠다는 말로 다독였다. 가볍게 내뱉은 이 말을 아내는 자기 입맛에 맞게 각색, 통역함으로써 결혼 허락을 받아내지 않았나 생각된다. 그녀는 나를 기독교인으로 전도하는 것은 물론 시부모님까지도 개종시킬 수 있지 않을까 하는 희망을 품고 있었는지도 모르겠다.

그녀의 바람과는 달리 오히려 불교로 개종시키려는 시어머니 밑에서 마음고생이 많았고 잘 해보겠다던 남편의 어정쩡한 태도에 실망하여 남몰래 분노의 눈물을 흘렸으리라. 역경 속에서 오히려 그녀의 신앙심은 더욱 깊어졌고 나를 전도하고자 하는 마음 또한 더욱 간절해 보였다. 어느 날, 교회에서 '남편도 전도 못 하는 사람이 어떻게 남을 전도하겠는가?'라는 핀잔을 들었다고 했다. 결혼 30년이 되어서야 그녀를 따라 교회에 나가기 시작했다. 신앙심이 생겨서라기보다는 그 날이 오기를 손꼽아 기다려 온 짝꿍에 대한 오만한 배려다.

일주일에 한 번 아내와 함께 교회만 다녀오는 무늬만 신자로 살았다. 성찬식 날 세례 교인에게 주어지는 떡과 포도주를 모르는 척 받기도 했다. 목사님 설교는 듣는 둥 마는 둥 졸기 일쑤였으나, 성가대 찬송에는 자석처럼 빨려들어 마음이 평온해지는 은혜를 체험하기도 했다. 예수의 부활을 믿어야 한다는데 이게 안 되니 참 기독교인이 되기에는 유전적 결함이 있어 보인다.

어쩌면 살 날이 머지않아 보이는 남편을 지켜보며 그녀가 무슨 생각을 하고 있을지 헤아리기 어려우나, 죽기 전에 세례를 받게 해 천국으로 인도하고자 함이 아닐는지. 그동안 잘해 주지 못한 미안함에다가 요즈음 내 손발이 되어 헌신하고 있는 데 대한 고마움이 더해져 있던 상태라 이번만큼은 세례 제안을 물리칠 수 없었다. 거절하면 버려질까 하는 두려움도 조금 있었다. 이제야 하나님이 응답했다고 좋아했을 법도 한데 그녀의 표정에는 별반 다름이 없다. 얼마 전까지만 해도 이렇게 웃어 보라고 시범을 보이고 했던 아내에게 내 우울증이 전염되었는지 요즈음 그녀의 얼굴에서 웃음기를 찾아볼 수가 없다.

2주 후에 세례를 받기로 했다고 하면서 물어볼 것으로 예상되는 사도신경, 주기도문, 성경 구절을 주고 외우라고 했다. 요즈음 아무 일도 하기 싫어서 메일도 잘 안 열어보고 있는데, 이렇게나 많은 문장을 외우라니 벽에 가로막힌 느낌이다. 세례를 받겠다고 약속했으니 꾸역꾸역 외워보는데 한 줄 외우기도 버겁다. 아파트 둘레 걷기 운동 중에도 외우라고 채근하고 매일 저녁 식사 후에는 얼마나 외웠는지 점검하고 칭찬도 해 주며 초등학생 아들 다루듯 한다.

오늘 드디어 세례받으러 가는 날이다. 팔 수술했던 병원에서 정형외과, 정신건강의학과 진료받은 후 점심 먹고 세례받을 장소로 이동하기로 되어 있다. 정형외과에서는 재활훈련 지침을 처방해 주었고 정신건강의학과에서는 복용 중인 3가지 약 중에서 리보트릴정은 한번 끊어보고 잠이 안 오면 다시 복용하라는 점을 재차 강조했다. 진료가 끝나고 아내와 함께 큰아들이 운전하는 차를 타고 언덕길을 한참이나 올라 어느 아담한 집 앞에 도착했다. 안으로 들어가니 생일 축하 풍선 같은 것이 달려 있고 누군가를 환영하기 위해 애쓴 흔적이 역력하다.

기다리고 있던 목사님과 간단히 인사를 나누고 곧 예식이 시작되었다. 무얼 물어보시나 잔뜩 긴장하고 있는데 아내가 성경 구절 외운 것 해보라고 한다. 가장 자신 있는 것부터 떠듬떠듬 읊는데 목사님 환하게 웃으시며 제법 한다는 표정이다. 물어보면 긴장해서 대답 못 할까 봐 아내가 미리 선수를 쳤나 보다. 아들은 이런 모습을 동영상으로 담고 있고, 목사님은 무슨 말이 더 나오나 내 입을 쳐다보는 모습이 말 문 트이기 시작하는 손자 보는 듯하다. 차례차례 정해진 순서를 지나 마지막으로 목사님이 내 머리 위에 물을 뿌리고 손을 얹고 기도하는 것으로 세례식이 끝났다.

목사님은 미국 로스앤젤레스에서 한국에 잠깐 다니러 나오신 며느리의 친정어머니이다. 그동안 며느리와 아내가 나 몰래 긴밀하게 연락을 주고받으며 오늘의 세례식을 기획하고 연출하였다. 며느리도 참석하고 싶어 했으나 코로나 시국이라 혹시 시아버지 건강에 누가 될까 싶어 참았다는 이야기를 나중에 들었다. 누구보다도 안사돈으로부터 세례를 받게 되어 특별했고 이 순간을 오랫동안 간직하고 싶다. 심신을 갈기갈기 찢어 놓으며 날뛰던 사탄이 내 몸속에서 빠져나갔길 바란다. 아내도 내 몸에 마귀가 들어온 것 같다는 얘기를 한 적이 있다.

세례를 받은 이듬해 1년여에 걸쳐 성경을 일독하였다. 구약 1331쪽, 신약 423쪽 합계 1754쪽, 대략 200쪽짜리 수필집(148 mm x 210 mm) 20권에 해당하는 분량이다. 구약은 창세기 1장 1절 '태초에 하나님이 천지를 창조하시니라'로 시작하여 말라기 4장 6절 '그가 아버지의 마음을 자녀에게로 돌이키게 하고 자녀들의 마음을 그들의 아버지에게로 돌이키게 하리라. 돌이키지 아니하면 두렵건 대내가 와서 저주로 그 땅을 칠까 하노라'로 끝을 맺는다. 신약은 마태복음 1장 1절 '아브라함과 다윗의 자손 예수 그리스도의 계보라'로 시작하여 요한계시록 22장 21절 '주 예수의 은혜가 모든 자들에게 있을지어다 아멘'으로 끝난다.

읽는 데 급급하여 제대로 뜻을 알지 못하고 지나친 것이 많았음을 고백한다. 이집트로부터 이스라엘 땅으로의 유대인 이주 역사, 모세가 하나님으로부터 받은 십계명, 하나님에 대한 절대적 순종, 예수의 부활, 사랑의 메시지 등이 머릿속에 키워드로 남았다. 가장 마음에 와닿은 성경 구절은 요한 1서 4장 12절,

'어느 때나 하나님을 본 사람이 없으되 만일 우리가 서로 사랑하면 하나님이 우리 안에 거하시고 그의 사랑이 우리 안에 온전히 이루어지느니라'

이 말씀을 손에 쥐고 앞으로 남은 삶, 내 옆의 아내로부터 자식, 형제, 친구, 이웃은 물론 동식물까지도 사랑하는 일에 힘써야겠다는 다짐을 해 본다.

그런데 가만히 생각해 보니, 동식물을 매일 먹고 있는 내가 이들을 사랑하겠다니 벼락 맞을 소리를 한 것 같다. 아무래도 동식물은 빼고 인간만 사랑하는 것으로 바꿔야겠다. 말은 좋은 데 남을 사랑하는 일이 어디 그리 쉬운가. 오른뺨을 때리면 왼뺨을 내놓으라, 남을 용서하라, 마음을 비우라 등 교훈들은 차고 넘치는데 이를 실천하기란 하늘의 별을 따는 것만큼이나 어려워 보인다.

'머리와 입으로 하는 사랑에는 향기가 없기에 이 세상에서 가장 어렵고도 긴 여행은 머리에서 가슴까지 가는 여행입니다'라는 김수환 추기경님의 말씀처럼, 읽고 들어 알고 있는 지식을 넘어 깨달음을 통해서만이 나를 미워하는 사람까지도 사랑하게 될 수 있으리라. 내게도 어느 날, 사랑의 깨달음이 비 온 후 무지개 피듯 찾아오

길 기대한다. 죽기 전까지 그 깨달음에 이르지 못할지라도 나만의 방식으로 득도의 수행을 해 나아갈 생각이다. 인생이란 어차피 하나의 빈 도화지에 미완성의 그림을 그려 놓고 떠나는 것이 아니겠는가.

이렇게 긍정적인 이야기를 하게 되다니, 뭔가 조금씩 변화가 찾아오고 있나 보다.

30분 동안 잠이 들다

아침 식사 후 30분 스타브론정 한 알, 취침 전 30분 스타브론정, 멀타핀정, 리보트릴정 각 한 알씩 복용하는 것으로 아슬아슬하게 수면을 유지하고 있고, 정형외과에서 내려 준 처방에 따라 오른팔 재활 운동 열심히 하고 있다. 정신과 약물 덕분인지 요즈음 무슨 큰 일이 벌어지지 않을까 하는 불안감은 많이 줄어들었다. 그러나 이 약들을 장기 복용하면 내성이 생겨 용량을 늘려야 하고 용량이 늘어나면 그만큼 부작용도 늘어나 언젠가 폐인이 되어 정신병원에 입원하게 될지도 모른다는 불안감은 여전하다. 이 약들을 끊을 수 있는 날이 오기를 간절하게 바라고 있다.

복용하고 있는 약을 조금 줄여 보기로 마음먹었다, 우선, 아침 식사 후 복용하는 스타브론정 한 알이 만만해 보였다. 이 약은 체내 신경 전달물질의 양을 조절함으로써 항우울 효과를 나타내는 비교적 독성이 약한 약으로 알려져 있다. 하루 끊어보니 수면에 별 영향이 없었다. 의사의 깊은 뜻을 거역하고 이렇게 맘대로 해도 되는지 찜찜하기도 했지만, 해보니 별거 아니네 하는 자만심이 들었다. 이후 며칠 동안 아침 식사 후 스타브론정 복약을 중단했는데 우울감이 더하다는 느낌은 없었다.

한발 더 나아가 의사 선생님의 권유대로 취침 전 먹는 약 중에서 리보트릴정을 끊어보는 실험을 해보았다. 리보트릴정을 빼고 스타브론정과 멀타핀정만 먹고 잠자리에 들었다. 그런데, 영 잠이 오질 않는다. 2시간이 지나도 잠이 안 오니 극도로 불안해졌고, 불안에 따른 심 박수 상승으로 잠은 더 멀리 달아나버렸다. 빼놓았던 리보트릴정을 다시 먹고 나서야 잠이 들었다. 그다음 날 재차 시도했으나 실패했다. 이 실험을 통해 리보트릴정이 수면에 결정적 역할을 한다는 것을 알게 되었다.

그렇다면 리보트릴정을 반으로 쪼개어 반 알만 먹어보기로 했다. 성공이었다. 그다음 날도 또 그다음 날도 성공이었다. 지금까지 내가 먹고 있던 양이 수면에 필요한 최소치를 초과하고 있었음을 말해준다. 아침에 먹던 스타브론정도 끊었고 취침 전 먹는 3가지 약

중 핵심인 리보트릴정 복용량을 반으로 줄일 수 있게 되었다. 정신과 약물을 복용한 지 5개월, 정신을 잃고 쓰러져 팔이 부러져 수술받은 지 2개월 만이다.

　아직도 자다가 땀이 나고, 이명 소리가 들리고, 손가락이 떨린다. 피부에 붉은 반점도 그대로 남아 있다. 그러나 어지럽고, 발가락이 시커멓게 보이는 현상은 나도 모르게 사라졌다. 갑자기 사진 속 사람들이 안 보였던 소동 이후 시력이 다시 회복되지는 않았으나 더 나빠지지 않고 있다. 심장 발작도 더는 일어나지 않았다. 자전거 충돌 사건은 보험회사에서 상대방의 치료비 전액과 약간의 위로금을 지불함으로써 해결되었다. 아파트 둘레 걷기 운동을 꾸준히 한 덕분인지 부자연스럽던 걸음걸이 또한 많이 좋아졌다.

　지금은 온 정신이 정신과 약을 끊는 데 쏠려 있다. 약간의 복용량을 줄이는 데까지는 성공했으나 앞으로 어떻게 더 나아갈 수 있을지 막막하다. 오늘도 저녁 식사 후 리보트릴정을 절반으로 쪼갠 한쪽과 스타브론정 한 알, 멀타핀정 한 알을 식탁 위 물컵 옆에 준비해 놓았다. 평상시 같으면 잠자리에 들기 30분 전에 이를 복용하는데, 이날은 몹시 피곤해 침대에 잠깐 누웠다 일어나서 먹기로 하였다. 잠시 후 눈을 떴는데 꿈꾼 것이 생각난다. 아, 이건 뭐지. 내가 잠을 잤

네. 시계를 보니 30분이 지났다. 아무리 피곤해도 눈꺼풀이 저절로 내려와 감길지언정 잠으로 이어진 적이 없었는데 약을 안 먹고 잠이 들었다니, 분수대 물줄기에 들리어 하늘로 솟구치는 느낌이다. 내가 약을 먹은 걸 착각하고 있는 게 아닌가 싶어 식탁에 가 보니 약이 그대로 있다. 그래, 오늘 한번 그대로 자 보자. 거의 뜬눈으로 밤을 지새우나 했는데 새벽녘 분명히 또 한 차례 잠이 들었다.

이 이야기를 아내에게 했더니 펄쩍 뛰듯이 좋아한다. 오늘 밤에 다시 한번 해 보란다. 약을 식탁에 준비해 놓고 마음을 차분히 가라앉히고 기도하는 심정으로 침대에 누워 잠을 청했다. 그러나 실패였다. 2시간 정도 기다리다 정신이 점점 말똥말똥해져 도저히 안 되겠다 싶어 약을 먹었다. 아침에 아내가 약 어떻게 했냐고 물어봐 먹었다고 하니 조금 더 참아 보지 그랬냐는 표정이다. '당신은 몰라, 당해 보지 않고는' 이 말이 튀어나올 뻔했다. 마음을 가라앉히자고 일부러 다짐한 것이 되레 뇌 신경을 자극해 실패한 것인지도 모르겠지만, 더는 재주 부리지 말고 약에 순응하기로 했다.

며칠 후 또다시 약을 끊어보자는 욕구가 치밀었고 행동에 옮겨 하룻밤 성공했다. 다음 날, 인터넷으로 수면에 중추적 역할을 하는 것으로 여겨지는 리보트릴정의 반감기를 찾아보니 18~50시간으로 되어 있다. 이것은 복용 후 하루가 지나도 약효가 상당 부분 남아 있다는 증거다. 그래서 하루건너 뛰어도 잠을 잘 수 있었구나. 하룻밤 더 끊어보기로 했다. 성공이다. 며칠 전에는 실패했는데. 지난번은 첫 시도이다 보니 긴장을 많이 했고, 이번에는 반감기가 길다는 것을 알아 긴장이 좀 풀어지지 않았나 싶다. 여하튼 이틀 동안 약을 끊었다는 사실에 우리 부부는 흥분했고 그녀는 마침내 기도에 대한 응답이 이루어졌다는 몸짓인지 입꼬리를 살짝 들어 올렸다.

약을 끊었다가 실패하고 다시 복용하는 시행착오를 거쳐 가며 약 먹는 걸 건너뛰는 날 수가 늘어났고 드디어 첫 시도 2개월 만에 남은 약들을 모두 불용품 저장소로 옮겼다. 약을 먹을 때에 비해 수면의 질이 떨어지기는 하나 자연적으로 잠이 들고 잠이 깼다가도 또다시 잠이 들다니, 가슴이 먹먹해지는 행복감이 밀려든다. 결혼식 절차를 모두 끝내고 그녀와 제주행 비행기에 착석했을 때, 큰아들 태어나서 처음으로 대면했을 때, 박사학위 최종 심사 발표 후 복도에서 결과 기다리고 있는데 지도교수가 나와서 축하한다며 손을 내밀었을 때 맛보았던 행복감 이상이다. 가슴이 벅차오른다.

약 먹기 전 우연히 침대에 누웠다가 30분 동안 들었던 잠이야말로 정신을 잃고 쓰러져 허우적거리던 나에게 하늘이 내려준 생명 줄이다. 그 줄을 용케 알아보고 붙잡았다. 고통이란 영원히 지속되는 것은 아니라는 말이 실감 난다. 이 말을 그동안 머리로만 알고 있었을 뿐 가슴에 와닿기는 처음이다.

신정호수 나들이

지난번 심장 발작으로 응급실 가기 전날 함께 산에 올랐던 '우정 산악회' 친구들에게 팔이 부러져서 앞으로 한동안 모임에 참석할 수 없다고 알렸을 때, 가슴 아파하며 도움을 주려 애쓰는 그들의 진심에 감격했다. 병문안 오겠다는 간청을 물리치느라 애를 먹었다. 만나고는 싶은데 허물어진 나의 몸과 마음을 보여주고 싶지 않아 이리저리 핑계를 대다, 지날 달에야 집 근처 찻집에서 만났다. 나를 포함 네 남자는 같은 직장에 다니다 퇴직했고 나이도 비슷하고 해서인지 궁합이 잘 맞는다. 운전과 등산 기록을 담당하며 부드러운 지도력으로 산악회를 이끄는 대장, 지리 정보 및 가이드 담당, 과일 담당, 커피 담당 이렇게 분업이 잘 이루어져 있다. 나는 커피 담당이다. 우린 참 잘 만났다. 오랜만에 그들과 6개월 전 '우린 잘못 만났다'라는 아내의 폭탄선언이 있었던 신정호수 나들이를 갔다.

신정호수는 1926년 만들어진 인공호수로 나지막한 산들로 둘러싸여 포근한 느낌을 주며 연꽃, 장미, 벚꽃, 오리 등 다양한 동식물을 볼 수 있고 산책로가 잘 가꾸어져 있는 아산의 보석이다. 경치 좋기로 유명한 나라인 뉴질랜드에서 온 아내의 한국어 제자를 데려간 적이 있었는데 뉴질랜드 같다며 좋아했다. 10주 동안 차고 다녔던 팔걸이를 3일 전에 제거한지라 몸놀림도 가벼웠고, 정신과 약물도 끊었고, 무엇보다도 보고 싶었던 사람들과 오랜만에 만나서 그런지 엔도르핀이 솟아나는 느낌이다. 호수를 한 바퀴 돌고 나면 원래의 모습으로 돌아갈 수 있을 것만 같은 기분조차 들었다. 아픈 나를 위해 산이 아니고 호수를 걷도록 기획한 그들의 배려가 고마웠고 존중받는다는 느낌에 가슴이 따뜻해졌다.

그동안 죽을 만큼 힘들었다는 나의 넋두리에 그들은 귀 기울여 주었고 공감해 주었다. 한바탕 털어놓고 나니 가슴이 뻥 뚫리고 이 순간만은 아무 데도 아프지 않았다. 초가을의 따스한 햇볕, 얼굴을 간질이는 시원한 바람을 맞으며, 유유히 헤엄치는 야생오리 떼, 하늘을 가로지르는 백로, 손잡고 마주 걸어오는 다정한 연인, 그네 타며 놀고 있는 아이들을 보며 편백 숲, 장미 터널을 지나 원점으로 회귀

하는 내내 네 남자의 수다는 그칠 줄을 몰랐다. 한 달 후를 기약하며 우리는 헤어졌다.

집에 돌아와 곰곰이 생각해 보았다. 지난 9개월 동안 악몽 같았던 불행의 출발점이 되었던 수면 중 발한의 원인에 대해서. 날씨가 덥거나 운동을 해서 체온이 올라가면 몸을 식히기 위해 땀이 나오는 것으로 알고 있었는데, 겨울이라 실내 온도가 높지 않고 자고 있으니 운동을 하는 것도 아닌데 땀을 흘리다니. 그동안 여러 차례 병원 다니면서 이런 검사 저런 검사 다 받아보았어도 속 시원하게 그 원인이 밝혀지질 않았다. 그냥 넘어가도 될 텐데 쓸데없는 생각에 집착하는 것을 보니 정신이 완전히 회복되려면 시간이 더 필요한 듯하다. 이럴 땐 생각을 멈추는 것이 어렵고 그냥 흘러가는 대로 내버려 두는 수밖에 도리가 없다.

아무래도 뇌 신경 쪽에 이상이 생겼던 것으로 의심된다. 교감신경과 부교감신경이 균형을 이루어야 하는데 교감신경이 과도하게 활성화되지 않았나 생각된다. 문헌에 보면 불안, 스트레스 등이 있으면 땀이 난다는데, 낮에는 가만히 있다가 왜 잘 때만 땀이 나는지 선뜻 이해가 되질 않는다. 누적된 스트레스로 인해 자면서 악몽을 꾸고 이로 인해 나도 모르게 교감신경이 활성화되어 땀이 나지 않았나 생각된다. 잠이 깬 후 악몽이 기억나지 않는다고 해서 악몽을 꾸지 않았다고 단정 지을 수는 없을 것이다. 자다가 심장 발작이 일어난 이유도 꿈에서 내가 죽게 될 위기에 처하자 위기 상황을 탈출하기 위해 교감신경이 작동하여 심장을 과도하게 수축시킨 결과라는 생각이 든다. 심장 기능 검사에서 아무 이상이 없다는 점이 이를 뒷받침한다.

똑같은 외부 자극에 대해서도 사람마다 느끼는 스트레스의 정도는 다르고 같은 사람일지라도 몸 상태에 따라 차이가 있을 것이다. 땀이 나기 시작할 무렵, 특별히 스트레스받을 만한 일이 있었는지 기억나지 않는다. 일상적 근심 걱정이야 항상 있었던 것이고 그것 때문에 자다가 땀이 나서 고통을 받았던 적은 없다. 그 전까지는 아무 일이 없었어도 노화에 따라 스트레스 통제력이 떨어져 같은 수준의 스트레스에 대해서 교감신경이 더 민감하게 반응했다는 가설을 세워 보았다.

스트레스는 어려운 환경에 처했을 때 나타나는 불안이나 정신적 긴장 상태를 일컫는 말이다. 어느 정도의 스트레스는 뇌 활동을 증가시켜 앞으로 닥칠 위험에 대처할 수 있는 능력을 키워 주지만, 과도한 스트레스는 자율신경계의 균형을 무너뜨려 결과적으로 불안,

수면 장애, 두통, 소화불량 등을 초래하는 것으로 알려져 있다.

심리학에 따르면 사람은 정신, 마음, 몸의 3가지 구성 요소를 가지고 있으며 각 요소 사이에 상호작용이 있다. 정신은 논리적 사고, 기억, 판단 등을 마음은 사랑, 친절, 애정 등을 관장하는 요소이다. '놀고 싶다'는 마음이고 '놀고 싶지만 참아야 한다'는 정신 작용이다. 스트레스 또한 정신 영역에 속한다. 정신은 이성, 마음은 감정과 관련성이 크다. 정신과 마음이 적절하게 균형을 맞추어야 하는데 정신에 치중하다 보면 마음이 위축되어 몸에 문제가 생기게 된다.

돌이켜 보면 나는 살아남기 위해, 다른 사람에 지지 않으려고 정신에 집중하느라 마음을 다스리는 일에는 소홀했다. 하루하루를 헛되이 보내지 말아야 한다는 강박증에 사로잡혀 지냈던 것 같다. 걷기, 등산을 꾸준하게 해 왔으나 그 목적이 신체 단련에만 맞추어져 있었지 마음을 보살피지 못했다. 정신 작용으로 생성된 스트레스가 쌓이지 않도록 소소한 즐거움, 행복감을 때때로 챙겼어야 했는데 그러질 못했다고 생각된다.

신정호수 나들이 갔다 온 날은 정신과 약을 끊은 지 일주일 째 되는 날이다. 육체적으로는 피로하나 스트레스가 해소되었는지 수면의 질이 보다 좋아졌다.

청계천 포장마차

서울에 볼일 있어 왔다가 시간이 나면 청계천에 들르곤 했다. 서울 한복판에 맑은 시냇물이 흐르고 있는 것이 너무 좋다. 어릴 적 집 근처 시냇물에 고기 잡으러 다녔던 향수가 있어서 그런지 청계천이 오랜 친구처럼 느껴진다. 오늘도 B 병원에 진료받으러 왔다가 오전에 채혈하고 오후 결과 확인 때까지 자투리 시간이 있어 청계천에 나왔다. 아침을 거르고 온지라 허기를 채우려고 사방을 둘러보니 포장마차 하나가 보인다. 가까이 가서 안을 들여다보니 아무도 없고 주인아주머니만 덩그렇게 앉아 있다. 들어가서, 뭐 좀 먹을 것 없냐 했더니 김밥도 있고 토스트, 어묵도 있다고 했다. 먼저 어묵 꼬치 하나를 집어 들었고 토스트 1인분 주문했다.

"요즈음 장사 잘되세요?"라고 말문을 텄다. 그런데, 아주머니 왈 "그렇게 물어보면 안 되지요. 어려운데 얼마나 힘드냐?" 이렇게 물어야 한다며 통명스럽게 대답한다. 뒤통수를 한 방 맞았다. 다른 사람의 마음을 헤아리기가 어렵구나 하는 생각이 들기도 하였으나, 그래도 손님에게 좀 무례하다는 생각이 들었다. 요즈음 코로나 시국이라 유동 인구가 적어 장사가 안된다고 한다. 얼마나 힘들었으면 처음 만난 손님에게 그랬을까? 올해 수출은 사상 최대 6400억 불이라고 하던데 소득의 양극화는 더 심해지나 보다.

포장마차가 깨끗하고 잘 다듬어져 있다고 너스레를 떨고 나서, "몇 시에 출근하세요?" 하고 물으니 아침 6시에 출근하고 저녁 8시에 퇴근한단다. 성실하게 일하면 먹고는 산다는 얘기도 덧붙였다. 성실에 더해 겸손하면 금상첨화라고 맞받았더니 다시 공격이 들어온다. 장사하기도 바쁘고 힘든데 어떻게 겸손까지 해야 하냐며 겸손하려면 어떻게 해야 하냐고 트집을 잡는다. 겸손하려면 우선 공감을 해야 한다고 했더니 이제부터 공감해 줄 테니 말을 해보라고 한다. 이 아주머니 나를 가지고 논다. 속이 좀 상해서 묵묵히 어묵만 씹었다.

조금 있으니 토스트가 나왔고 또 이야기는 계속되었다. "아주머니 고향은 어디세요?" 대전인데 고등학교 2학년 때 서울로 올라왔다고 한다. 나도 중학교까지 대전에서 나왔다고 하니 반갑다고 하면서 자기는 자양초등학교를 나왔다고 한다. 나는 삼성초등학교를 나왔다고 했다. 토스트를 반으로 잘라서 먹기 편하게 해 주었다. 동향 사람 만났다고 친절을 베푸는 거로 받아들였다. 토스트가 생각보다 맛이 좋았고 값도 싸 내심 잘 들어왔구나 하고 있는데 "청계천에 자주 오세요?" 묻는다. 가끔 온다고 하면서 다음에 오면 또 들르겠다고 하니 "우리 이제 도장 찍은 거 맞아요?"하고 묻는다. 무슨 뜻인지 명쾌하지는 않았으나 우리라는 말이 정겹다. "네, 맞아요. 다시 올게요." 하고 밖으로 나왔다.

시간이 아직 1시간 이상 남아 있어서 냇물을 따라 걷기로 하였다. 동대문 방향으로 걸었다. 비둘기들이 길에 앉아 모이를 주워 먹고 있는데 사람이 지나가도 피하거나 도망가질 않는다. 오리 두 마리가 나란히 다정하게 헤엄을 친다. 한 마리는 청록색 알록달록한 오리이고 또 한 마리는 갈색의 평범한 오리이다. 부부 아니면 연인 같아 보였다. 헤엄치면서 마주 보기도 하고 부리를 딱딱거리는 모습이 서로 대화하는 듯 보인다. 실제, 인간의 귀에 들리지 않는 주파수로 소통하고 있는 건 아닐까? 물속에서 부지런히 앙증맞게 움직이고 있는 노란 발들이 훤히 보인다. 오리가 있으니 물고기도 있겠지 하고 물속을 들여다보았으나 보이질 않는다. 아마도 물살이 너무 빨라 돌 밑에 들어가 있을지도. 오리들은 알고 있겠지.

걷다 보니 다리들이 참 많았다. 세운교, 배오개다리, 새벽다리, 전태일교 등등. 청계천에는 무려 22개의 다리가 있다고 한다. 한참을 걸어가는데 음악 소리가 들린다. 냇물 건너편 나무 밑에 성별을 구별하기 어려운 한 사람이 앉아 있는데 그 옆에 스피커가 있고 소지품들도 제법 있었다. 노숙자가 아닌가 생각되었다. 어떤 사연이 있는지 궁금하다. 계속 걷다 보니 숭인동에 이르렀고 냇물 반대편 산책길은 이제 끊어졌다. 병원 진료시간을 맞추려면 이쯤 해서 돌아가야 한다.

돌아오는 길에 기다란 돌의자가 보였다. 그 규모가 상당하고 천 년 이상은 족히 버틸 듯하다. 잠깐 앉아서 물을 마시며 지나가는 사람들을 구경했다. 돌이라 엉덩이가 차가웠다. 나무 판대기를 깔아주면 좋을 텐데. 한가롭게 걷는 사람도 바삐 걷는 사람도 있다. 바삐 걷는 사람들은 운동하러 나왔을 터이고 한가롭게 걷는 사람들은 나처럼 바람 쐬러 나왔거나 또래들과 수다 떨러 나왔음이라. 모두 마스크를 쓰고 있으니 영화 세트 속 인물들 같아 보였다. 천년 후에도 이곳에 사람들이 지나다닐까? 이렇게 마스크 쓰고? 기지개를 한번 켜고 자리에서 일어나 커피잔을 들고 수다 떠는 한 무리의 사람들을 따라 걸었다.

또다시 걸음을 멈추고 흐르는 물소리에 귀를 기울였다. 머릿속에서 맴돌던 상념들이 사라지고 마음이 차분해지면서 평화스러운 기운이 스며든다. 행복 호르몬이 나오고 있나 보다. 물소리를 내는 악기는 없을까 오래전부터 궁금했다. 시계를 보니 병원 진료시간 맞추기가 빠듯할 것 같다. 걸음을 재촉했고 어느새 출발지점에 도착했다. 마지막으로, 징검다리를 딛고 냇물을 건너보고 싶었다. 적당한 거리만큼 떨어져 있는 반듯한 돌을 하나씩 밟고 조심스럽게 냇물을 건넜다. 층계를 올라 뒤돌아보니 그 포장마차가 눈앞에 보인다. "우리 이제 도장 찍은 거 맞아요?" 주인아주머니의 음성이 메아리쳐 들린다. 무슨 도장을 찍었다는 말인지? 다시 꼭 찾아 달라는 뜻이겠지. 네, 그러고 말고요.

고등학교, 대학교 시절 중고 책을 사러 청계천에 여러 번 왔었다. 청계천이 복개되어 있던 시절이다. 그로부터 50년이 지났다. 시멘트 구조물에 억눌려 캄캄한 어둠 속에서 한 많은 세월을 보냈던 청계천이 파란 하늘 아래 눈 부신 햇살을 받으며 부활하여 많은 사람에게 행복 호르몬을 가져다주는 서울의 명물로 다시 태어났음을 축하한다. 어려움 속에서도 청계천 복원을 밀어붙였던 당시의 서울시장님께 박수를 보낸다. 다음에는 청계천 종점까지 가 봐야지.

윤정사 가는 길

아파트 6층 우리 집 베란다에 서면 여러 겹의 산들이 보인다. 가까운 곳에 배방산, 그 뒤 왼편으로 태화산, 그 뒤 중앙에 망경산, 맨 뒤 오른편으로 광덕산이 키 순서대로 배열되어 봄에는 연두색, 여름에는 초록색, 가을에는 알록달록 색, 눈 내린 겨울에는 하얀색으로 옷을 갈아입으며 언제나 변함없이 그 자리에 서 있다. 배방산 밑자락에 '윤정사'라는 조그만 절이 있다. 윤정사에 이르기 전 작은 호수가 있는데 그곳에서 옆으로 방향을 틀어 계단을 오르면 배방산 정상으로 가는 길이 나온다. 직장 따라 15년 전 이곳으로 이사 왔다. 떠오르는 해, 지는 해에 물드는 산들의 아름다움을 베란다에서 바라보는 재미에 취해 퇴직하고도 아직 떠날 생각을 못 하고 있다.

아파트에서 윤정사까지 개울물을 따라 2km가량의 구불구불 완만한 오르막길이 나 있는데, 자동차와 마주치기라도 하면 비켜서기가 빠듯하다. 20년은 족히 되어 보이는 벚꽃 나무들이 길 한쪽을 따라 쭉 늘어서 있어 봄이 되면 하얀 꽃들로 장관을 이룬다. 아프기 전에는 운동 목적으로 이 길을 바삐 걷다 보니 주위를 살필 여유가 없었다. 심장 발작 이후 연속되는 시련의 시간 동안 베란다에서 바라만 보고 있었던 이 길을 이제 다시 걸어보겠다고 나섰다. 체력 저하로 걸음 속도는 현저하게 느려진 대신 걷다가 쉬다가 이곳저곳 주위를 돌아보는 여유가 생겼다.

윤정사 가는 길 초입, 한창 건축 중이던 원룸들이 거의 완성되어 가고 있었다. 조금 지나 오른편으로 섬처럼 흩어져 있는 20여 가구의 마을 앞 400년 묵은 느티나무가 오늘따라 존경스러워 보인다. 그 오랜 세월의 풍파를 이겨내고 아직도 살아 있다니. 그냥 스쳐 지나곤 했던 길 가 사각형 우리 안의 네 마리 개가 눈에 들어왔다. 다가가자 먹이를 주지 않나 싶어 반기다 이내 실망하여 뒤로 물러선다. 아마도 지나가는 사람 중에 먹이를 주고 가는 사람이 있었나 보다. 조금 더 걸어가니 오른편으로 태극기, 흰색 기, 빨간색 기가 나부끼는 무당집과 그 뒤로 삼성전자 공장 건물이 보인다. 왼편으로는 개울 건너 단층 건물 위로 십자가가 보인다. 이 집은 원래 그림도 전시하고 차도 파는 곳이었는데 어느새 교회로 바뀌었다. 교회 뒤로 계단식 논들이 겹겹이 늘어서 있다.

사자를 닮은 개가 사는 곳에 이르렀다. 그 개는 모습뿐만 아니라 덩치도 어른 사자에 못지않다. 예전에 처음 보았을 때는 몇 번 짖곤 했는데 그 이후로는 지나가도 못 본체했다. 한번은 겨울에 털이 많이 달린 방한 모자를 쓰고 지나갔더니 동물로 착각했는지 공중으로 솟구쳐오르며 위협적으로 짖어 댄 적이 있다. 목줄에 메어 있지 않았다면 그날 나는 어떻게 되었을지 모른다. 오늘은 얌전히 배를 땅에 붙이고 다가오는 나를 한번 힐끗 보더니 아무 일 없다는 듯 머리를 땅에 붙이고 눈을 감는다. 6개월 동안이나 보지 못했는데도 나를 기억한다는 듯. 냄새로 기억하는지, 발자국 소리로 기억하는지, 모습으로 기억하는지 알 길은 없으나 고마운 생각에 "안녕하세요" 했더니 눈을 찡긋했다. 눈에 붙었던 파리를 쫓아내느라 그랬나?

걸어오는 내내 새소리가 끊이지 않는다. 대부분은 참새 소리인데 가끔 다른 새소리도 들린다. 참새 소리가 유난히 크게 들려 살펴보니 소를 키우는 축사 앞 개복숭아 나무 여기저기에 참새들이 많이 앉아 있다. 이리저리 무리 지어 날아가고 날아와 앉는다. 짹짹거리는 소리를 가만히 들어보니 높낮이와 장단이 시시각각 달라지는 게 그들만의 언어가 있지 않나 싶다. 참새들이 통통하다. 소 배설물에 참새 먹이가 있나, 아니면 배설물에 기생하는 쉬파리들을 먹고 사나.

저만치 'ㅇㅇ효소원'이라는 간판이 달린 건물이 보인다. 건물 밖으로 엄마와 아이가 나와 내 쪽으로 걸어오고 있다. 가까이 보니 예닐곱 살 되어 보이는 여자아이의 목, 얼굴에 아토피로 보이는 피부염이 심하다. 팔, 다리 등은 옷으로 가려져 보이지 않으나 그 고통이 말할 수 없을 만큼 클 텐데, 엄마와 달리 아이의 표정이 밝다. "참예쁘다."라고 해 주었더니 신이 났는지 발을 깡충깡충 뛰면서 간다. 아이 엄마에게 물어보니 경상도에서 왔는데 기숙하면서 치료를 받는다고 한다. 그렇게나 먼 곳에서 온 걸 보니 꽤 유명한 집인가 보다.

윤정사까지 1km 남았다는 팻말이 보이니 이제 반쯤 왔다. 이곳부터 길이 조금 더 가팔라지는데 워밍업이 되었는지 발걸음이 오히려 빨라진다. 배방산 주차장을 끼고 왼쪽으로 꺾어 일직선으로 뻗은 오르막길에 이르자 숨이 차올라 땅만 보고 걸었다. 염불 소리가 들려 고개를 들어보니 어느새 윤정사에 도착했다. 중저음의 염불 소리, 뜻은 모르겠는데 마음을 파고드는 그 무엇이 있다. 교회 찬송가를 들을 때 마음이 편안해지는 느낌을 받곤 했는데, 염불은 찬송가에 비해 단조롭지만, 목탁 소리에 실려 또 다른 맛의 편안함을 준다. 반환점을 찍고 돌아서서 물을 마시고 파란 하늘에 둘러싸인 앞산을 멍청히 쳐다보는데 시원한 바람이 뺨을 스친다. 무아지경이라고 할까? 머릿속이 텅 비면서 표현하기 어려운 행복감에 젖었다.

하산 길, 발걸음이 가볍고 행복감의 여운도 아직 남아 있다. 힘들게 올라오느라 지나쳤던 작은 호수가 오른편으로 내려다보인다. 호수를 지나 아까 지나쳤던 배방산 주차장에 도착했다. 이곳은 50여 대가 주차할 수 있는 평평한 땅으로 운동기구, 정자, 화장실도 갖추어져 있다. 아프기 전에는 운동하며 쉬어 가던 곳인데 오늘은 아직 수술한 팔의 움직임이 여의치 않아 정자에 앉아서 오고 가는 사람들 구경하며 시간을 보내다 일어섰다.

계속 내려오는데 어디서 닭 우는 소리가 우렁차게 들린다. 알 났다고 알리는 건지, 기분 좋다고 노래하는 건지, 자기들끼리 이야기를 하는 건지, 여러 마리가 릴레이로, 합창으로 울어 댄다. 입구에 '청계유정란' 판다고 쓰여 있다. '왕대추' 판다는 팻말도 보인다. 주변에 대추나무도 보이고 매실나무도 보이고 제법 큰 농장이다. 저 멀리 천안아산역 주변 고층 건물들이 내려다보이는 것을 보니 아직 제법 높은 곳에 서 있나 보다.

슬렁슬렁 걸어 드디어 아파트 입구에 도달했는데 가끔 마주쳐 인사를 나누곤 했던 사람이 개를 끌고 산책하고 있었다. 지난번 만났을 때까지는 개를 두 마리 끌고 다녔는데, 오늘은 한 마리뿐이라 사연을 들어보니 한 마리가 노환으로 저세상으로 떠났다고 한다. 지난번 만났을 때 그 개가 사람으로 따지면 70이 넘었으며 백내장이 심해서 수술해 주어야겠다고 했었는데. 얼마나 힘들었을까. 생명의 불씨가 사그라져가는 과정에서 얼마나 외로웠을까. 죽을 것만 같아 몸부림치던 불과 얼마 전의 내가 보인다.

길도 그대로이고 주변도 변한 게 없는데, 오늘의 윤정사 가는 길에서 나는 참으로 많은 새로움을 보고 느꼈다. 나도 모르게 감성적으로 변했다. 일시적 현상인지 아니면 올 초부터 시작된 시련을 겪는 과정에서 이성과 감성의 구성비가 영구적으로 바뀌었는지, 앞으로 지켜볼 일이다.

새 살이 돋아나다

잠드는 약 먹는 것을 잊어버리고 침대에 누웠다가 깜박 잠이 들었던 우연한 사건이 내 몸과 마음 회복의 출발점이었다. 몇 차례의 시행착오 끝에 정신과 약을 끊는 데 성공하자 예전의 나로 돌아갈 수 있겠다는 기대감에 부풀었다. 약물에 의존하지 않고 자연적으로 잠이 들고 중간에 깼다가도 다시 잠이 들 수 있다는 사실이 믿기지 않았고 너무나 행복했다. 내가 직접 겪어보고 나서야 수면 장애로 고통받고 있는 사람들의 아픔을 가슴으로 이해하게 되었다. 그 전에는 잠이 중요하다는 걸 머리로만 이해하고 있을 뿐이었다.

65kg에서 56kg까지 내려갔던 몸무게도 이제 60kg으로 늘어나 분명히 회복세를 타고 있다. 수술한 오른팔도 꾸준한 재활치료를

통해 150도까지 들어 올릴 수 있게 되었다. 옷도 나 혼자 입고, 벗을 수 있고, 운전도 할 수 있어 너무 좋다. 재활 열심히 계속하면 180도에 가깝게 팔을 올릴 수 있을 것이라는 의사 선생님의 격려가 고맙다.

윤정사에 걸어갔다 온 날 밤, 잠자다 깨어 무의식적으로 목을 만져 보았는데 땀이 만져지지 않는다. '어' 하고, 베개, 침대 시트를 만져 보았는데 축축함이 없다. 이럴 수가, 잠자다 땀 나는 게 멎은 것이다. 땀이 나기 시작한 이후 10개월 만의 일이다. 나에게 기적이 일어난 것이다. 기쁨에 가슴이 뜨거워져 침대를 박차고 거실로 나와 한참을 돌아다닌 후에야 진정할 수 있었다.

나도 모르는 사이에 내 몸속에서는 이미 치유가 시작되었고 이제 그 징표들이 하나둘 꽃봉오리처럼 튀어나오고 있다. 만질 수 있는 몸뿐만 아니라 볼 수 없고 만질 수 없는 마음에도 새 살이 돋아나고 있다. 거실, 서재를 어슬렁거리다 의자에 우두커니 앉아 창밖을 바라보다가 다시 일어나 어슬렁거리기를 반복하며 아내와의 접촉도 피하고, 베란다 창밖을 내다보며 뛰어내릴 생각까지 했던 나의 우울증도 이제 하루하루 옅어져 가고 있다. 걱정과 부정적 생각이 많이 줄어들었다. 텔레비전 소리에 대한 거부감이 사라져 '세상에 이런 일이', '특종 세상' 등의 프로그램을 보게 되었다. 방송에서 나오는 나 보다 훨씬 힘든 사람들에 대하여 동정심을 나타내기도 하고, 내가 이만하길 다행이라는 생각을 가지게 되었다. 얼마 전까지만 해도 다른 사람들에게 전혀 관심이 없었고, 오직 나만 제일 힘들고 불행하다고 생각했는데.

마음에 돋아나는 새 살은 이전의 살과는 결이 달라 보였다. 이전보다 더 말랑말랑하고 감성적이고 행복 세포들이 보석처럼 밝혀 있다. 이전에는 잠자고 일어나서 행복하다고 느낀 적이 없는데, 지금은 자연스럽게 잠이 들고, 깼다가 또다시 잠이 드는 게 그렇게 신기하고 행복할 수가 없다. 음식을 먹고, 숨 쉬고, 걸어 다니는 어쩌면 평범한 일들에 행복감을 느낀다. 행복 세포들이 신선함을 잃지 말고 오래도록 살아 있길 소망한다. 사람과 자연과 동물과 식물과 교감할 수 있는 감성이 늘어나는 쪽으로 마음이 재구성되어 가고 있다.

정년퇴직 후 쉴 틈도 없이 네팔로 날아가 척박한 환경 속에서 3년 동안 봉사하다가 귀국해서 곧바로 코로나 정국에 휩쓸려 은둔 생활을 하다 보니 심적 스트레스가 누적되었고, 결과적으로 신경 통제력이 붕괴됨으로써 끔찍한 변을 당했다는 생각이 든다. 통제의 신경 끈이 나이가 들면서 점점 약해지고 있다는 것을 간과하고 있었다. 신경 끈이 더는 흐트러지지 않도록 이성과 감성의 균형을 맞추어야겠다. 지식, 사고, 성취와 같은 이성 영역을 줄이고 사랑, 애정, 즐거움, 행복과 같은 감성 영역을 늘리는 방향으로의 변환을 추구해야겠다.

마음의 새 살이 돋아나기 시작하면서 소소한 행복을 느끼는 일이 잦아졌다. 내가 무슨 일을 새롭게 이룬 것도 아닌데 왜 행복감을 느끼지? 잠을 평상시보다 잘 자게 된 게 아니고 못 자던 잠을 원래 수준 정도로 되돌려 놓은 것뿐인데 그게 그렇게 행복하다니.

행복의 사전적 의미는 기쁨과 만족을 느끼는 상태이다. 행복에는 채움의 행복과 비움의 행복이 있다는 생각이 든다. 채움의 행복은 노력해서 성취를 이루었을 때 맛보는 행복이다. 힘들여 공부해서 대학 입학시험에 합격했을 때, 수십 차례 낙방 끝에 취직 통지서를 손에 쥐었을 때, 셋집을 전전하며 돈을 모아 처음으로 자기 집을 갖게 되었을 때, 힘들게 오른 산의 정상에 도착했을 때 느끼는 행복은 채움의 행복이다. 비움의 행복은 새로운 성취 없이도 기대치를 낮추고 욕심을 버렸을 때 찾아오는 행복이다. 수면제 없이는 잠을 이룰 수 없다가 몇 시간이나마 자연 잠을 잘 수 있게 되었을 때 느끼는 행복, 두 발로 걸을 수 있으며 공기를 마음껏 들이마실 수 있음에 감사할 때 느끼는 행복, 적은 월급이지만 매달 거르지 않고 나옴에 감사할 때 느끼는 행복, 나 보다 더 힘들고 어려운 사람들을 보고 나는 이 만하길 다행이라고 생각했을 때 느끼는 행복은 비움의 행복이다. 젊고 패기가 넘칠 때는 채움의 행복을 추구하는 데 무리가 없으나 나이가 들고 힘이 빠지기 시작하면 채움의 행복을 줄이고 비움의 행복을 늘려나가야 한다. 그렇지 않으면 과부하가 걸려 나처럼 뜻하지 않은 변을 당할 수 있다고 생각된다.

자다가 땀이 나는 것을 시작으로 도미노처럼 밀어닥친 고통을 겪었던 과정이 마치 인생 학교에 입학하여 실습교육을 받은 것처럼 느껴진다. 체험을 통해 얻게 된 깨달음이 나로 하여금 비움의 행복에 눈뜨게 해 주었다. 행복 백신을 맞고 부작용으로 그동안 많이 아팠지만 이제 그 백신 효과가 나타나고 있다.

인생을 돛단배를 타고 바다를 항해하는 것에, 고통을 파도에 비유한다면, 이번에 집채만 한 파도를 맞아 난파될 위기에 몰렸으나 구사일생 살아났고 그 과정에서 맷집이 단단해졌다. 앞으로 더 커다란 파도를 만날지 모르나 그 파도도 언젠가 지나갈 것이라는 믿음이 생겼다. 그리고 마침내 파도가 없는 고요한 바다에 이르러 영면하게 될 것이라는 낙천적 생각을 하게 되었다.

이러한 생각의 긍정적 변화는 우울증이 호전되고 있다는 표시다. 한참 우울증이 심할 때는 머릿속이 온통 미래에 대한 불안한 생각들로 가득했는데. 행복 백신의 효과가 얼마나 지속될지는 모른다. 그 효과를 연장하기 위해서는 꾸준한 마음의 수련이 필요하리라 생각된다. 라인홀드 니이버 (Reinhold Niebuhr)의 '평온의 기도'에 나오는 "하나님, 내가 바꿀 수 없는 것은 그대로 받아들이는 평온을 주시고…"라는 구절을 매일 아침 되뇌며 미래의 불안을 잠재우는 영성훈련을 해 나가고자 한다. 힘들고 지칠 때마다 세상 어디엔 가에는 나 보다 더 힘들고 어려운 사람이 있다는 것을 기억하고, '비움의 행복'이라는 화두를 손에 쥐고 참고 기다리리라. 그래서 고통이 지나가고 몸과 마음이 건강해지면 '채움의 행복'도 추구하면서 그 날이 올 때까지 나아가리라.

출판사를 등록하다

자다가 땀이 나는 어찌 보면 대수롭지 않은 사건을 발단으로 갖가지 사건들이 꼬리를 물고 일어나 몸과 마음이 갈가리 찢기는 일 년 가까운 고통의 시간이 지나가고 이제 평온을 되찾아 가는 길목에 서 있다. 이제 살았구나 하는 안도감과 함께 이전에 느끼지 못했던 일상에 대한 행복감이 밀려오며, 이러한 이야기를 책으로 엮어 다른 사람들과 공유하고 싶다는 생각이 들었다. 어린 시절, 학교에서 글짓기 해본 게 전부인데 어떻게 책으로 내겠다는 것인지, 무모한 도전임이 틀림없으나 나에겐 너무나 특별했던 경험을 세상에 알리고 싶은 욕망을 누를 수가 없다.

출판사에 원고를 써서 보내 볼까 했으나 거절이 두려워 망설이고 있던 차, 누구나 다른 사람의 검열을 받지 않고도 책을 낼 수 있는 길이 있다는 것을 알게 되었다. '부크크'라는 온라인 출판사에 원고를 올리면 주어진 편집프로그램을 통하여 무료로 책을 내, 교보문고, 알라딘, 예스24 등 대형 온라인 서점을 통해 판매된다. 독자의 주문이 있을 때만 인쇄 제본 배송하고 판매가의 일정 비율을 저자에 인세로 지급한다. 책의 도서번호 신청, 납본은 '부크크'가 대행한다.

한편, 1인 출판사를 만들어 책을 펴내는 길도 있다. 일반 출판사와 마찬가지로 원고의 검토, 편집, 도서번호 신청, 인쇄, 제본, 납본, 서점을 통한 판매 등을 독자적으로 감당해야 하므로 "부크크'를 통하는 것보다 업무 부담이 크나 온라인 서점뿐만 아니고 오프라인 서점에도 유통 판매가 가능하고, 하기에 따라 더 많은 수익을 창출할 수 있다. 우울증에 빠졌다가 회복되면서 오히려 조증으로 살짝 넘어가고 있는지, 의욕이 넘쳐 1인 출판사 설립으로 가닥을 잡았다.

아산시청 문화관광과를 방문하여 출판사 신고서, 신분증, 인감도장, 주민등록등본을 제출하니 이틀 후 출판사 신고 확인증이 나왔다. 생각보다 쉽게 1인 출판사 등록이 완료되었다. 출판사 명칭은 'Soljai 출판'으로 하였다. 'Soljai'는 나의 아호 '솔재'의 영어 표현이다. 영어 이름으로 등록한 이유는 국제화 시대에 걸맞다고 생각했기 때문이다. 그런데, 아산세무서에 가서 사업자등록을 하는 과정에서 문제가 생겼다. 사업자등록 시 사업체 명은 반드시 한글로 시작되어야 한다는 것이다. 어쩔 수 없이 'Soljai 출판' 대신 다소 어색해 보이는 '출판 Soljai'로 사업자등록을 마치고, 세금계산서 발행 시 필요한 보안카드도 발급받음으로써 명실상부한 회사의 대표가 되었으며, 은행으로 직행 기업통장까지 개설하였다. 출판사 설립절차가 이렇게 간단한데 놀랐다.

사업자등록증을 복사하여 형제들 단톡방에 올려 출판사 설립을 알리고 형제들 자서전을 내주겠다고 너스레를 떨었다. 바로 아래 여동생에게는 그녀의 인생 역정에 어울리는 '영자는 멈추지 않는다'라는 제목을 지어주며 책을 내 보자고 구체적인 제안까지 하였다. 흥분이 가라앉고 나니 책을 어떻게 내야 할지 막막하다. '1인 출판사'를 검색어로 하여 인터넷, 유튜브 검색을 해 보니 생각보다 많은 자료가 올라와 있다.

저자로부터 받은 원고의 교정, 책 표지 및 내지 편집, 국제표준도서번호(ISBN) 신청, 인쇄 및 제본, 국립중앙도서관 납본, 판매 등의 단계를 거쳐서 독자에게 책이 전달된다. 원고의 교정은 내용에 저작권 침해, 명예훼손 등의 법적 다툼의 소지가 없는지, 맞춤법이 맞는지 확인 교정하고, 글을 더 맛깔나게 바꾸는 윤문 과정을 거친 다음, 보통 '인디자인'이라는 프로그램을 사용하여 글꼴 및 크기, 줄 간격, 여백 주기, 쪽 번호 넣기, 표지 디자인 등 인쇄판을 짜는 편집으로 넘어간다. 편집이 완료된 후 '서지정보유통지원시스템'에 온라인으로 접속하여 출판사 정보를 등록하고 발행자 번호를 부여받은 후 ISBN 번호를 신청한다. 번호 신청을 위해서는 책 제목, 저자명, 책의 크기, 쪽수, 목차, 요약, 책 표지 이미지, 도서가격, 발행 일자 등의 정보를 입력하여야 한다. ISBN 번호는 신청 후 통상 3일 이내에 발급이 완료된다. ISBN 번호가 기재된 최종본(완전원고)을 전자책 또는 종이책으로 만든다.

전자책을 만들기 위해서는 PDF 파일 또는 EPUB 파일로 전환시켜야 한다. PDF 파일로 변환시키면 완전원고에 나와 있는 형식 그대로 전자책에 보이며, EPUB 파일로 변환시키면 독자가 글자 크기, 줄 간격, 여백, 배경색 등을 원하는 대로 바꿀 수 있다. 워드나 한글 파일을 EPUB 파일로 변환하는 프로그램에는 캘리브레(Calibre), 시길(Sigil), 아도비 인디자인(Adobe InDesign) 등이 있다. 캘리브레와 시길은 무료 다운로드가 가능하다. 나는 시길을 선택했고 사용법에 관한 책을 한 권 구매했다. 종이책으로 만들기 위해서는 PDF로 변환된 파일을 인쇄, 제본사에 맡긴다.

마지막 단계인 판매가 출판사의 흥망성쇠를 결정한다. 전자책의 경우에는 온라인 서점과 계약하고 종이책의 경우에는 오프라인 서점과 계약하여 판매한다. 규모가 작은 1인 출판사가 대형서점과 일일이 계약을 체결하는 것이 번거로울 뿐만 아니라 아예 상대해 주지 않는 경우도 허다하다고 한다. 전자책의 경우 '유페이퍼(Upaper)'라는 전자책 서비스 기업을 통하여 유페이퍼 뿐만 아니라 교보문고, 예스24, 알라딘 등 대형 인터넷 서점을 통한 판매가 가능하다. 종이책의 경우 판매 유통 대행사를 통해 대형서점을 포함한 다수의 일반서점에 위탁판매가 가능하고, 동네서점이나 독립서점과 직접 계약하여 판매할 수 있다. 초보 1인 출판사의 경우 책이 얼마나 팔릴지도 모르는데 종이책을 내는 게 모험일 수 있다. 이런 사람들을 위해 'POD'라는 주문인쇄 방식의 종이책 제작방식이 있는데 이는 부크크나 교보문고와 같은 곳과 연계하여 독자의 주문이 있을 때만 책을 만들어 판다. 이처럼 다양한 판매망을 구축할 수 있는 길이 있다는 것은 1인 출판사를 시작한 나에겐 축복이다.

판매망이 구축되었다고 해서 책이 팔리는 것은 아니다. 책을 홍보하는 것은 오로지 저자, 출판사의 몫이다. 작가의 페이스북, 블로그, 인스타그램, 네이버 책문화판, 채널예스, 북피알미디어 등을 통한 홍보 방법이 있다.

멋모르고 출판사 등록까지는 마쳤는데, 책이 독자의 손에 도달하기까지의 과정을 파악하고 나니 결코 만만치 않다는 것을 알게 되었으나, 이미 엎질러진 물이니 되돌릴 수는 없고, 하나하나 차근차근 실패를 통해 배운다는 자세로 완주하고 싶다. 비용을 생각하면 전자책을 내는 게 좋을 듯하나 종이책을 내 보아야 진짜 책을 만들었다는 느낌이 들 것 같다. '텀블벅'이라는 온라인 투자 플랫폼을 통해서 인쇄, 제본 비용을 모금할 수 있는 길도 있다는 것을 알게 되었다. 책 쓰기를 시작하고 나서 어떤 방식으로 출판할지 고민해도 늦지 않을 듯하다.

책을 쓰다

일사천리로 출판사를 등록하던 기백은 어디 가고, 막상 책을 쓰려 하니 안개 속에 갇힌 듯 막막하기만 하다. 한두 쪽 자리 단편 글 몇 개 써본 게 고작인데, 책을 쓰겠다고 덤비고 보니 무엇부터 시작해야 할지 모르겠다. 내가 쓰고자 하는 책은 하나의 주제에 대하여 사건이 시간 순서대로 전개되는 드라마나 영화 형식의 수필이다. 먼저 다른 사람들이 쓴 비슷한 유형의 수필집을 참고해 보면 좋겠다는 생각이 들었다.

책꽂이에서 관련이 있을 법한 책 몇 권을 골랐다. 옛날에 읽어본 것들이라서 그런지 한번 훑어보는데 낯설지가 않다. 이전에는 지나쳤던 소제목의 개수, 글자 모양 및 크기, 여백 크기, 표지 및 내지 디자인, 쪽수 등에 눈길이 간다. 다시 읽어보니 기억이 새롭다. 이번에는 단락의 구성, 크기, 문장 부호까지도 살피게 되고 전체적인 이야기의 전개와 문장의 문학적 표현도 관심 있게 들여다보았다.

집에 있는 책만으로는 성이 차지 않아 2주 간격으로 시립도서관 책을 대출받아 탐독하기 시작했다. 어떤 책은 빨려 들어가는 느낌을 받으며 단숨에 읽기도 하였고, 또 다른 책은 리듬이 끊겨 읽다 쉬다를 반복했다. 이규연, 박승일의 『눈으로 희망을 쓰다』, 폴 칼라니티의 『숨결이 바람이 될 때』, 이길보라의 『반짝이는 박수소리』, 이범식의 『양팔 없이 품은 세상』, 김혜영의 『네가 여기에 빛을 몰고 왔다』 등은 그 이야기 전개가 매우 흥미롭고 읽고 나서 힐링 되는 느낌이 진했다. 그중에서도 전문의 취득을 목전에 두고 폐암 4기 판정을 받은 미국 신경외과 레지던트의 사망 전 2년의 기록을 담은 『숨결이 바람이 될 때』를 으뜸으로 뽑는데 조금의 망설임도 없었다.

독자에게 재미, 감동, 위로를 주고 읽은 후에도 여운이 오래 남는 책을 쓰고 싶다. 그러기 위해서는 글의 소재, 구성, 표현이 모두 좋아야 한다. 내가 겪은 1년 동안의 아픔과 치유의 과정을 소재로 글을 써 보고 싶다고 주위 사람들에게 얘기했을 때, 나 보다 훨씬 힘든 사람들이 얼마나 많은데 그 정도로 호들갑을 떠냐는 핀잔도 들었다. 나에겐 크게 보일지 몰라도 다른 사람들에겐 대수롭지 않을 수 있다는 논지였다. 위에 언급된 수필 속 주인공들에 비하면 내가 겪었던 고통의 강도가 객관적으로 약하다고 할 수 있으나, 나에겐 죽을 만큼 아픈 고통이었다. 평범한 일상의 소재를 가지고서도 베스트셀러가 되는 수필이 있다고 자위하며 소재만큼은 그런대로 특별하다는 믿음을 재확인하였다. 문제는 구성과 표현인데 글쓰기 초보자인 나에겐 단기간에 풀 수 있는 숙제가 아니다. 그렇다고 무작정 기다리고 있을 수만도 없다.

출판사 등록 후 다른 사람들의 책을 읽고 분석하기 시작한 지 9개월이 지나 사건 발생 순서에 따라 각각 이름을 붙이는 책의 소제목 작명에 착수하였다. '자다가 땀이 나다'를 처음으로 '책을 쓰다'를 마지막으로 하는 28개 소제목의 이름이 정해졌다. 시간이 흐르다 보니 사건 발생 순서가 헷갈리기도 하였다. 그럴 땐 달력에 표시해 둔 진료 예약 일자와 실손의료보험 신청 시 제출했던 진료내역서 사본을 참조하여 바로잡았다. 소제목에 이어 책의 제목도 생각해 보았다. 그래 '이거다' 하는 제목은 떠오르지 않았고 몇 가지 생각나는 대로 적어 두었다. 글을 쓰면서 생각나는 제목을 추가하여 마지막에 주위 사람들의 의견을 참고하여 결정하기로 하였다.

첫 소제목 '자다가 땀이 나다'에 대한 글쓰기에 들어갔다. 체험했던 것을 사실적으로 묘사하고 느낌과 함께 땀이 나는 원인에 대한 추론을 담았다. 써 놓고 보니 너무 밋밋하고 건조하다. 도중에 잠이 깨 뒤척이는 동안 영화 필름처럼 머릿속을 스쳐 지났던 상념들을 더듬어 재미있는 에피소드를 첨가했더니 한층 맛깔스러워졌다. 사실적 체험이 뼈대라면 구성과 표현은 옷과 장신구에 해당한다. 이렇게 쓸까 저렇게 쓸까 궁리하느라 시간 다 보내고 하루에 몇 줄 이상 나아가지 못하는 날이 허다했다. 표현력의 한계를 뼈저리게 느꼈다. 자꾸 쓰다 보면 나아지겠지 하며 내가 나를 쓰다듬는다. 오전에 글을 쓰고 오후에는 다른 사람들의 책을 보며 표현력을 익히는 방식으로 열흘 만에 드디어 첫 소제목에 대한 A4 용지 2쪽 분량의 초고를 완성하였다. 비록 보잘것없는 결과물일지라도 이건 세상에 하나밖에 없는 나의 창작물이라는 뿌듯함에 읽어보고 또 읽어보았다.

잇따르는 소제목들에 대한 글쓰기를 계속해 나갔다. 나아가면 갈수록 숙달이 되어 좀 쓰기가 수월할 것으로 생각했는데 예상은 빗나갔다. 조금 더 잘 써 보려는 욕심 때문인지 좀처럼 진도가 나가지 않는다. 어느 날은 컴퓨터 앞에 앉아 끙끙거리다가 한 줄도 못 쓰고 물러나기도 하였다. 창밖에 보이는 산이 알록달록한 색으로 물들 무렵 시작했는데, 잎이 떨어져 속살을 훤히 드러내고, 어느새 연두색을 거쳐 초록색 옷으로 갈아입고 나서도 한참이 지나서야 마지막 소제목 '책을 쓰다'의 종점에 도달했다. 글쓰기에 지칠 때마다 조셉 마셜의 『그래도 계속 가라』에 나오는 '그만두고 싶을 때, 딱 한 걸음만 더'라는 글귀를 되새기며 버텼다.

이제 프롤로그와 에필로그를 쓸 차례다. 프롤로그는 본문에 나올 이야기가 무엇에 관한 것인지 독자의 흥미를 자아내도록, 에필로그는 여러 개의 소제목으로 나눠진 이야기들을 한데 묶어 독자에게 전달하고자 하는 메시지를 간결하면서도 여운이 남도록 써야 할 텐데, 부담감이 이만저만이 아니다. 지우고, 쓰기를 수차례 마침내 프롤로그와 에필로그까지 마쳤으니 책 만들기의 8부 능선을 넘었다.

맞춤법은 ㈜ 나라인포테크에서 구입한 한국어 맞춤법 문법 검사기를 사용하여 교정했고, 오자 수정과 윤문은 장조카에게, 편집, 디자인은 인디자인 프로그램을 다룰 줄 아는 작은 아들에게 부탁했다. 이는, 전문가에게 맡기면 더 좋겠지만 책이 얼마나 팔릴지도 모르니 돈을 아끼려는 궁여지책이다. 먼저 전자책으로 내고 독자 반응을 보아 가며 종이책을 내기로 했다.

마지막으로 책 제목을 결정할 차례다. 그동안 생각날 때마다 메모해 두었던 제목 중에서 '불행해 보아야 행복할 수 있다', '시련이 가져다준 선물', '그래도 오늘은 괜찮다' 등 3개를 골라, 머리말과 함께 아내, 아들, 며느리, 손자, 손녀, 형제, 자매에게 돌려 선호도 조사를 해 본 결과, '그래도 오늘은 괜찮다'와 '시련이 가져다준 선물'이 막상막하 경합으로 나타났다. 형이 지어 보내 준 부제목 '생사의 경계에서 비로소 보이는 것들'을 받고 나서 후자 쪽으로 마침표를 찍었다.

에필로그

  거의 1년에 걸쳐 세차게 몰아쳤던 폭풍우와 집채만 한 파도에 휩쓸려 생명을 다한 줄 알았던 작은 돛단배가 거의 원형의 모습으로 잔잔한 바다에 다시 떠올라 삶의 여정을 계속하게 되어 무척이나 감사하다. 그동안 나를 괴롭혔던 수면 중 발한, 불면증, 우울증, 어지럼증, 손 떨림이 사라졌다. 그러나 이명증은 그대로고, 떨어진 시력은 회복되지 않아 안경을 쓰게 되었고, 정신을 잃고 쓰러지면서 부러졌던 팔에는 2개의 수술 칼자국이 선명하고, 부러진 뼈를 고정하기 위해 심어 놓은 티타늄판도 그대로 남아 있다.

  감당하기 힘들었던 고통의 전쟁을 치르면서 얻게 된 깨달음을 통하여 나의 마음이 더 감성적으로 바뀌었고, 작은 일에 감사하고, 비움의 행복에 눈뜨게 되었음은 시련이 가져다준 선물이다. 생각지도 않았던 출판사를 설립하고 책 쓰기에 도전하게 된 점 또한 빼놓을 수 없는 전리품이다.

수필이란 것이 생소하다 보니 사소한 표현에 막혀 시간만 지나가고 진도가 나가지 않아 중도 포기의 위기도 맞았다. 시간을 낭비하고 있으니 내게 익숙한 글쓰기를 해 보면 어떨까 해서, 공주대학교 재직 시 대학원생 논문지도 자료를 보완하여 『과학기술 논문 영어로 쓰기』라는 책을 출판했다. 판매대행사에 위탁하여 예상보다 많이 팔리는 기쁨을 맛보기도 했는데, 돌연히 출현한 챗지피티(ChatGPT)라는 인공지능프로그램의 영향으로 판매세가 확연히 꺾였다. 또한, 버지니아 아이삭스 커버(Virginia Isaacs Cover) 지음, 박민구 옮김의 『성염색체 이상과 함께 살아가기』라는 책도 출판하여 교보문고를 통해 주문제작 방식으로 판매하고 있다. 정작 출판사 설립의 동기를 유발한 장본인은 그 후에도 한참이 지나서야 3번째로 세상에 얼굴을 내밀었다.

글쓰기를 통해 지난 사건들을 되짚어 봄으로써 상처 났던 마음에 돋아난 새 살이 이전 것과 결이 다르다는 것을 알 수 있었다. 복기하지 않았다면, 흙 속에 묻혀버린 진주처럼 그 진가를 알아보지도 못할뻔했다. 우울증을 핑계로 모든 걸 놓아버린 것도 정말 힘이 하나도 없어서라기보다 가슴 속 내면아이의 철없는 돌출 행동이었다는 것을 깨달았다. 또다시 우울증이 찾아온다면, 자포자기하지 말고 그에 맞서 빠져나오려는 작은 움직임이라도 끊임없이 시도하겠다. 고통이 영원히 지속되는 것은 아니라는 교훈을 체험을 통해 터득함으로써 앞으로 닥칠지 모를 또 다른 시련에 더 잘 대처할 수 있는 맷집이 생겼다.

저만치 어렴풋이 보이는 복사꽃 만발한 삶의 종착지를 향해 돛단배의 노를 다시 힘껏 젓는다. 바닷길이라 그 거리를 가늠하긴 어렵지만, 10년 아니면 그보다 조금 짧거나 길어 보인다. 사람이 죽지 않고 고통이 계속된다면 끔찍할 텐데, 그곳에 가면 고통이 없다니 얼마나 다행인가. 앞으로 내게 어떤 불행이 닥칠지 알 수 없으나 수반되는 고통과 불안에 대처하는 힘을 계속 키워 나가리라. 그 힘은 행복을 추구하는 마음 수련으로부터 나온다고 믿으며, 삶의 여정을 마치기 전 마지막으로 다음과 같은 제목의 책 하나 쓰고 싶다.

'채움의 행복, 비움의 행복'

시련이 가져다준 선물:

생사의 경계에서 비로소 보이는 것들.

초판 1쇄 발행 2023년 11월 25일

지은이: 박균영
펴낸곳: Soljai 출판
출판등록: 2021년 10월 15일 등록번호 제2021-000024호
주소: 충남 아산시 배방읍 북수로 116, 108-602
홈페이지: https://soljai.modoo.at
전화: 070-4320-8637
이메일: kypark2008@gmail.com

값: 14,000원

ISBN 979-11-977415-3-1(03810)
+ 잘못 만들어진 책은 구입한 곳에서 교환해드립니다.

Soljai 출판